寵物女孩 10.5

Kadokawa Fantastic Novels

青春不會結束。

長谷栞奈突如其來的教育旅行

當察覺到的時候已經太遲了。
在這世界上一定有許多像這樣的情感。
我的這種心情也不過是這些無數情感其中之一而已。
然而對我而言，卻是獨一無二特別的東西。
第一次感受到對那個人的不知所措。
所以無可奈何……
也無法死心……
就連後悔也辦不到……因此，我越來越沒辦法改掉那個習慣。

1

北海道是大晴天。
清澄的藍天下，長谷栞奈坐在深藍色雙動力汽車副駕駛座，車子正在國道上從新千歲機場前往札幌方向疾駛中。

「呀喝～～！北海道～～！好大喔～～！」

在隔壁的駕駛座上手持方向盤的人，是一位正如此哼唱的稍年長女性。她的名字是三鷹美咲，畢業於栞奈就讀的水明藝術大學附屬高校……通稱水高，現在就讀水明藝術大學影像學系一年級，也是栞奈居住的學生宿舍……櫻花莊的前任住宿生。栞奈搬進去的201號室，在兩個月前的三月底之前，一直是美咲的房間。

「呦喝～～！北海道～～！超大喔～～！」

輕快地向西奔馳的車輛後座還有一位情緒極為興奮的男同學的身影，端正的五官及飛翹的自然捲是其特徵。

他與栞奈一樣，是今年春天剛進水高的一年級生，而且還是名額只有十個的音樂科學生。雖然從剛才的發言難以想像，不過他好歹是擠過窄門被遴選出來的人物。但就栞奈看來，他只不過是個被選上的笨蛋就是了……而這個伊織也是櫻花莊的住宿生，住在103號室。

「耶～～！北海道～～！」

「耶～～！真的好大喔～～！」

相對於美咲與伊織的高昂情緒，栞奈在副駕駛座「唉～～」地深深嘆了一口長氣。

五月下旬，平日。當然，學校還要上課。在這種日子的下午，為什麼就讀首都圈學校的栞奈等人會位在遙遠的北海道呢？身為當事者的栞奈當然知道答案，卻難以理解。

事情發生在今天早上。

八點過後。

直到在櫻花莊的玄關前目送出門參加教育旅行的三年級學長姊們……神田空太、椎名真白、青山七海、赤坂龍之介等四人時，一切都還正常。

問題在於這之後。

「來、來，上車，上車。上車就對了～～！」

在完全看不到空太等人的身影後，栞奈與伊織被在這裡一起目送他們的美咲硬塞到車子裡。

已經畢業的美咲為什麼一大早就出現在學生宿舍櫻花莊呢？答案其實很簡單。

在畢業的同時，美咲似乎在櫻花莊隔壁的空地上蓋了房子，現在是住在那裡的鄰居，幾乎每天都會到櫻花莊來一起吃早餐或晚餐，還會闖進神田空太的房間１０１號室去打電動，昨天甚至還在浴室洗了澡。

不過是一介大學生竟然蓋了房子這種事，一般實在讓人難以置信。不過因為知道美咲的真面目，所以栞奈也莫名理解了。

她是幾年前就因為獨力製作的動畫而在影片網站上引發熱烈討論的超紅人。雖然似乎因為結婚而改姓了，但「上井草美咲」這個名字與作品，就連栞奈也在就讀水高之前就知道也曾經看過。她記得自己對於令人難以置信是由一個人獨力製作的繪畫與內容呈現的品質，不禁起了雞皮疙瘩，因此還重複看了好多遍。

美咲的作品也製成商品，而且銷售量突破十萬張……畢竟都能蓋房子了。

由這樣的美咲駕駛的車輛一離開櫻花莊，便全力衝刺前往羽田機場。毫無插嘴提出疑問的餘地，栞奈與伊織便被帶上前往新千歲的飛機，繫好安全帶，飛機起飛，飛機降落，解開安全帶，等回過神來，人已經被帶到北海道了……就是這樣。

由於事出突然，根本沒辦法帶行李，幾乎可以說是空手。由於一身跟家居服沒兩樣的打扮，實在覺得很不放心，勉強能帶在身上的只有手機。

到現在還忍不住懷疑這是不是在作夢，也許醒來之後會發現自己正躺在櫻花莊２０１號室的床上……

然而令人難過的是完全沒有要醒過來的跡象。在這種狀態下，栞奈也不得不承認這是現實。

「光屁股，妳很沒精神喔！讓我們再更大聲點吧～～！」

「誰、誰是光屁股啊！」

栞奈抓住上衣下襬，硬拉到大腿。

「咦～～因為妳不是沒穿嗎？」

「現、現在有穿啦！」

「仔細想想，妳還真是超變態呢。」

伊織對自己說的話不斷點著戴耳機的腦袋。

「我實在不想講這麼多遍，不過你才是變態吧。」

栞奈立即迎戰。

「哪裡變態？」

後照鏡上映著伊織確實不明白的蠢表情。

「因為想偷窺女子浴室而被流放到櫻花莊的人不知道是誰啊。」

栞奈與伊織生活的櫻花莊與普通學生宿舍有些不同。櫻花莊是在學校生活或一般宿舍的共同生活中，發生了某些問題的學生被送到的流放地。

「我有穿內褲喔。」

「……」

因此理所當然的，栞奈也引發過會被流放的問題行為。那就是剛才美咲以及伊織所說的「沒穿內褲」。

剛開始真的只是一時衝動。以國中時期寫的日記為基礎的小說獲得了新人賞，然而執筆第二部作品時遇到困難並感到極大的壓力，需要抒發壓力的方法，就算不擇手段也無所謂。

這是發生在某日的事。栞奈在學校休息時間到洗手間時著了魔，將脫下來的內褲收進制服外套的口袋裡，走出了隔間。

突然間有一股彷彿來到其他世界的感覺。校內的樣子明明什麼也沒改變，卻止不住激動的心跳而得以完全忘卻寫不出第二部小說的苦惱。

就這樣去上課卻得到了意外的……或者該說是卓越的效果而停不了手。而這件事被一般宿舍的女舍監發現，結果栞奈獲得了被流放到櫻花莊的判決。

這是大約三週前……黃金週期間的事。

「內褲很重要呢～～肚子透風～～會著涼喔～～！」

「請不要唱奇怪的歌。」

「沒有內褲就沒有人生喔，光屁股！」

「我、我都說了，請不要那樣叫我！」

美咲完全不聽人講話，現在也還哼著謎樣的光屁股之歌。

「……我好想趕快回家。」

栞奈忍不住吐露出真心話。

當然，今天是平日，也還要上課。

然而就算要回去也沒錢，完全沒把錢包這種東西帶出門。這麼一來，要往哪裡去也只能全交給握著方向盤的美咲了。

「來吧，好好享受北海道吧～～！要來個充滿回憶的教育旅行囉～～！」

栞奈的願望也只是枉然，看來沒那麼簡單就能回去。

「享受啦～～！回憶啦～～！」

坐在後座的伊織也吶喊著。

「我的頭都痛起來了……」

栞奈自言自語的呢喃聲也被美咲的歌聲掩蓋過去。

2

美咲駕駛的車輛進入札幌市後經過有名的大通公園，繞著札幌電視塔外圍開。伊織「喔～～」或「呦～～」地發出愚蠢的歡呼聲。

迴轉的車轉往札幌車站的方向，即將開上一條筆直的大道……才這麼想的時候，美咲立刻把車停進收費停車場。

「抵達～～！」

她伴隨著這道聲音，用力拉起手煞車。

「來來，你們兩個，要下車囉！」

被催促著解開安全帶後，兩人下車來到外頭。

「喔喔！那個是！」

率先下車的伊織一副興奮的樣子跑了起來。明明是突然被帶到北海道，伊織看起來卻是單純享受著旅行，似乎沒有困惑或蹺課的罪惡感。

「為什麼你這麼能適應這個狀況？」

栞奈發出了已經不知道是第幾次的嘆息。

「我們也過去吧！」

被美咲拉著手臂，栞奈無可奈何只好邁開腳步。

「要去哪裡？」

「妳沒看到那個嗎！」

美咲所指之處有一棟特徵是尖屋頂的白色建築物，其中一部分還是格外顯眼的巨大時鐘。

「啊，是鐘樓嗎？」

雖然曾在照片上看過，這倒是第一次看到實物，因此對它位在這種街道上的正中央覺得有種不協調感，沒能馬上就覺得它是本尊。不過隨著逐漸朝它接近，疑惑便越來越稀薄，越看越確定它就是鐘樓。

繞到正面，已經沒有任何疑問的餘地。

栞奈後知後覺地終於有了真的身處於北海道的實際感覺。

然而不到一秒的時間，栞奈的意識就從鐘樓移開，視線自然轉向站在入口附近的人。

是今天早上在櫻花莊前送走的人。

１０１號室住宿生，隸屬於普通科。是大兩屆的學長。

神田空太。

身高與樣貌都算平均值，成績也很普通，在校園內並不是特別引人注意的存在。

聽說他之所以住在櫻花莊，是因為在禁止養寵物的一般宿舍裡飼養棄貓的事被發現了。

看來他似乎是與棄貓特別有緣分，三個星期前才又撿到三隻小貓。合計現在已經跟十隻貓共處一個屋簷下了。

而空太的身邊還有同樣是櫻花莊的住宿生……住在２０３號室的青山七海的身影。大大的馬尾隨風搖曳，緊靠在空太身旁，與先走過去的伊織似乎正在聊些什麼。

旁邊沒有其他三年級生的身影。看來似乎是兩人單獨行動。教育旅行不是以分組行動為原則嗎？還是因為是高中生所以有所不同？

這樣看起來也很像是兩人正在約會。

當栞奈思考著這些事的時候，伊織很湊巧地提出了疑問：

「學長姊現在是教育旅行約會嗎？」

「這、這不是啦……」

「因、因為小組的其他人都太自私任性，所以才偶然跟神田同學變成兩個人！所、所以，這個不是那種……」

兩人拚了命地解釋，越聽越讓人覺得掃興。

「喔，是學弟跟小七海！」

美咲放開栞奈的手臂，活力十足地衝了過去。

注意到美咲的空太與七海雖然一開始露出驚訝的樣子，但很快地又轉變為像是傻眼又像是已經放棄的表情，之後便彷彿什麼事也沒發生過一般與伊織和美咲正常地聊起天來。是美咲就有可能做出這種事——熟悉美咲的這兩人這樣就已經理解了吧。

「走囉，小伊織！」

美咲發號施令，之後便闖進鐘樓中。伊織忠實地跟在美咲身後。

多虧如此，栞奈的視野裡只剩下空太與七海。

「……」

並肩站著的兩人有種奇特的氛圍。或許也因為是在著名的觀光景點鐘樓前，但至少看起來並不像一般同學的關係，倒比較像情侶。

而且，栞奈也知道這未必完全不正確。

雖然栞奈沒有目擊現場，不過七海已經向空太告白，現在正處於等待空太回應的狀態……

因此栞奈現在所見到的兩人，說不定明天就變成男女朋友了。

「不應該連栞奈學妹都跟來吧。」

栞奈聽到空太對她說話，猛然回過神來。

「並不是我想來才來的。送學長姊們離開後就莫名其妙被載上車，然後就到了機場……什麼也沒帶……連錢包也沒有就被帶來這裡了。」

栞奈辯解似的脫口說出這些話。即使對於自己像是鬧彆扭的態度有所自覺，卻仍無法巧妙地隱藏這種情緒。

然而，空太似乎並沒有察覺到栞奈些微的變化，還煩惱著貓咪該怎麼辦。

栞奈雖然鬆了口氣，另一方面卻也覺得不太高興。不過，她這次把靜不下來的心情隱藏到撲克臉底下去了。

「我們也進去吧。」

「嗯。」

七海在身旁回應。

空太付了入場費，栞奈也跟在兩人之後走進鐘樓。

內部的空間展示著整理過的鐘樓與北海道開拓時代的相關歷史資料。

彷彿置身於圖書館或美術館般安靜。

空太與七海並肩走在栞奈的稍前方。每當這兩人的肩膀幾乎要碰上時，栞奈的心中就會莫名煩躁。

每踏在老舊的木板地上便發出岌岌可危的吱嘎聲。總覺得這聲音很耳熟。正當栞奈這麼想的瞬間，七海便說出了答案。

「總覺得會讓人聯想到櫻花莊呢。」

栞奈心想著確實如此而抬起頭來，就看到空太露出溫柔的笑容望著七海。

「咦？怎麼了？我說了什麼奇怪的話嗎？」

「不是。只是剛好我也這麼覺得。」

「什麼啊，原來是這樣。」

兩人之間圍繞著羞澀的氣氛。如果以上色來比喻，就是粉紅色。

視線飄移的空太目光與栞奈對上。

「幹嘛？」

被這麼一問，栞奈才發現自己一臉不高興的表情。

她瞬間立刻開口試圖敷衍過去。

「我可以說嗎？」

「好像還是不要問比較好。」

「兩位說的話很像情侶間的對話呢。」

「結果還是說了嗎！」

「我預定接下來要創作戀愛小說，因此很有參考價值。」

栞奈自己也覺得這態度真是不可愛，卻不知道有什麼其他回應的方式。

為了不再多嘴，栞奈經過空太身邊，踏上前往二樓的階梯，頭也不回地小跑步上去。

二樓是沒有門檻或屏風的寬敞空間，挑高的天花板具有開放感。先上來的美咲目不轉睛地盯著鐘樓的資料，伊織則貼在窗戶上發出「喔～～」、「咦～～」的聲音，以一臉呆樣眺望著外面的景緻。

栞奈為了讓情緒冷靜下來，坐在設置於前方的螢幕前。螢幕上播放的是有關鐘樓建設的歷史資料。

稍過片刻，樓梯的方向傳來了腳步聲。似乎是空太與七海上來了。

兩人的腳步聲在中途便分開。

其中一道腳步聲來到栞奈身邊。

七海在栞奈旁邊坐了下來。

「在櫻花莊的生活感覺怎麼樣？」

原本默默看著影片的七海出聲詢問。

「比想像中還要舒適，房間也能單獨使用一間。」

「這樣嗎？那就好。」

七海由衷感到高興似的露出笑容。

「跟傳言中的很不一樣。」

「傳言是怎麼說的？」

「像是有學生穿著熊布偶裝上學；有學生在操場用石灰筒在地上畫畫；還有學生在文化祭時放煙火；或是讓老師因為精神疾病被送進醫院……這類的傳言。」

「啊哈哈。」

七海無力地笑了。她的視線朝向正盯著時鐘原尺寸大資料的美咲。

栞奈所說的傳奇人物全都是指美咲吧。事到如今就能理解了。

「還有，像是有學生擁有六個女朋友；有學生每天都到早上才回宿舍；還有學生經常身上帶著吻痕之類的。」

「妳說的那個人現在正為了成為劇作家而在大阪的藝術大學念書，曾經有很多個的女友也都分手了。」

栞奈也知道那就是在說美咲的丈夫。剛搬到櫻花莊幾天後曾經聽空太說過，當時栞奈也只能隨口含糊回應。

「不過，我倒是被椎名學姊嚇了一大跳。」

「真白啊。我剛開始也對她感到很驚訝呢。」

七海想起往事般露出苦笑。

「但是，現在已經算是好很多了呢。」

「是這樣嗎？」

「嗯，我聽神田同學說她剛來日本時，到便利商店都還沒結帳就吃起商品來，還有像是在放學的路上一定會迷路之類的。」

「就身為一個人而言，有點難以想像。」

「是啊。現在的話，她至少會自己換衣服了……不過，倒是常常發生襪子只穿了一腳之類的事就是了。」

七海在喉嚨深處發出笑聲。

「椎名學姊的轉變是因為空太學長嗎？」

空太本人則正在時鐘原尺寸大資料前與美咲聊天。究竟在聊些什麼呢？他的側臉看起來非常認真。

「是啊。原因就是神田同學……」

明明是同樣的一句話，從七海口中說出來卻感覺莫名意味深長。是因為七海熟知許多栞奈所不知道的有關空太與真白的事嗎？栞奈所知道的頂多只是真白也向空太告白，並且正在等待他的回應而已。

總覺得有些不甘心，彷彿只有自己是局外人的心情……雖然事實上確實是如此……

「那個，我可以問妳一件事嗎？」

「什麼事？」

「青山學姊妳喜歡空太學長的什麼地方？」

「是、是要問這個嗎！」

七海夾雜著一半錯愕與一半難為情，而且是很單純的情緒。這種態度沒有絲毫矯作，即使就同性的栞奈看來，也坦然地覺得很可愛。

「對不起。如果有冒犯到妳，我向妳道歉。」

「不會啦，並不是那樣，只是太突然了所以嚇了一跳，真的。」

七海說完以後，表情已經沒了驚愕與羞澀。相反的，在栞奈眼裡看來有些開心的樣子。這應該是對於能談論喜歡的空太的話題而感到喜悅吧。

「硬要說的話，是氛圍吧。」

「……氛圍嗎？」

眼角餘光瞥見正在和美咲聊天的空太。空太沒有特別端整的五官，也不是活躍於運動社團，並沒有特別會念書，也不曾擔任過學生會委員引領全校學生前進。雖然擁有櫻花莊住宿生這個有些奇怪的身分，不過去除掉這一點就是個平凡的高中男生。以栞奈的角度來看，空太就是一個很普通的三年級學長。

在一年級的班上如果不是因為櫻花莊住宿生這個頭銜，恐怕也不會聽過他的名字。會注意到他的人，大概只有最喜歡哥哥空太喜歡得不得了的妹妹優子吧。

「該說是跟人之間的距離，或者說是交往方式比較恰當吧。」

總覺得隱約能夠理解。

關於這一點，栞奈也曾感受過。即使空太知道了栞奈裙底的狀況，也沒有遠離她或因此急遽改變態度。保守祕密並站在栞奈的立場來思考，不僅如此，甚至還對苦於寫不出小說新作品的栞奈伸出援手。

「我認為要跟別人扯上關係需要能量。根據情況不同，有時會被嫌煩，甚至是吃虧。」

「是啊。」

「但是，神田同學對誰都不輕言放棄，甚至讓我懷疑他是不是根本就沒發現自己會吃虧……

不過，他也不是強勢涉入……我大概是被這一點吸引了吧。」

七海嘴角露出溫柔的笑容。

「我從大阪一個人來到這邊，對很多事感到不安。像是以當上聲優為目標這件事，我第一次說出口的對象就是神田同學。他沒有取笑我，並且聆聽我說的話，還說我很厲害。」

「空太學長真是幸福耶。」

「咦？」

「能讓青山學姊這麼喜歡他。」

「希望我沒造成他的困擾就好了。」

七海也許是在掩飾難為情，不好意思地露出了苦笑。就連這樣的神情都完全展現出戀愛中少女的氣息，在栞奈眼裡看來還是覺得很可愛。

可愛到讓栞奈不禁羨慕起能夠這樣露出笑容的七海……

這時突然傳來了美咲破壞氣氛的一句話：

「好～要去下一個地方囉，小伊織、光屁股！」

「請、請不要用那個綽號！」

栞奈猛然從椅子上站起身提出抗議。

「那麼，我們就輕鬆愜意地兜風到旭川，去見白熊吧！跟我來吧～～小伊織、光屁股！熊就

「是熊，白色的熊～～」

然而，空太口中說的外星人美咲根本聽不進栞奈認真的說詞。

3

車子奔馳了約一個小時。往東前進的車抵達了旭川。

筆直前往的目標是美咲的目的地——有白熊的動物園。

為了讓人更容易看見動物的生態，園內的構造精心設計過，也常在電視節目上介紹，是讓人想來一趟的地方。

不過即使走進了動物園，栞奈的情緒也沒能那麼興奮。

「呀喝～～！白熊～～！」

一穿過門口就一個人跑起來的美咲實在讓人羨慕。

栞奈在鐘樓目擊空太與七海兩人的一幕，比想像中更縈繞在心中揮之不去。即使在搭車移動的路程中，也在腦海裡久久不散。雖然試圖構思小說題材來忘掉，卻完全無法集中精神，結果還是想起了空太與七海的身影。

在園內隨意晃晃就走到了企鵝區。

琹奈靠在扶手上呆呆地望著用平坦腳掌走路的企鵝群。

過了一會，視野突然暗了下來。

原來是伊織走到了琹奈身旁。

「妳是不是在沮喪？」

「……沒有啊。」

琹奈有些驚訝地如此回答。

「是嗎？那麼，妳是在生氣囉？」

「你為什麼會這麼認為？」

「妳的臉看起來很可怕喔。」

「我沒有在生氣。」

「這樣啊，因為妳的臉平常就很可怕了嘛。」

伊織天真地放聲笑了起來。

總之，先踩他一腳再說。

「嗚啊！好痛～～！妳、妳幹嘛啊！好過分！太過分了吧！」

伊織抱著腳蹦蹦跳。

「你太誇張了。」

「刻意只瞄準小趾踩下去，怎麼可以這樣啊！」

還不斷蹦蹦跳的伊織眼中隱約帶著淚水。

「喔～～沒想到你還知道這一點啊。」

「妳的個性太差了喔。不要緊嗎？這樣真的沒關係嗎？妳完全就是個壞胚子吧？」

栞奈嫌麻煩便不再回應。只要無視伊織的存在，待會他就會自己到別的地方去了吧。栞奈這麼認為，卻始終不見伊織有要移動的意思。

不僅如此，他放在扶手上的雙手還開始像彈琴般動了起來。

栞奈的視線先是轉向他的手指，接著移到他臉上。

「啊！」

伊織大概是察覺到了，像是被看到不想被看到的東西般把雙手藏到背後。雖然不太確定，但總覺得他在彈奏的是五月初的比賽時中斷表演的曲子。

原本不應該發生因為對觀眾的反應感到不開心而中止演奏這種事，不過聽了伊織停手的理由，似乎也能理解他的心情。伊織有一個與美咲同年的姊姊，也是水高的畢業生，據說與伊織同樣曾是音樂科學生，而且成績非常優秀，現在正在奧地利留學。因為討厭被拿來跟姊姊的演奏比較，卻在會場感受到了這樣的氣氛，伊織才停止了演奏。

「欸。」

「嗯？」

「你姊姊是個什麼樣的人？」

伊織聽了驚訝地張大眼睛，抓了抓腦袋。

「是個美女。」

這次輪到栞奈露出錯愕的表情。

「……你還真是厲害啊。」

「怎樣？」

「竟然能這樣稱讚自家人。」

栞奈絕對學不來。這是家庭環境的差異嗎？栞奈經歷過父母親離婚與再婚，認為家中沒有自己的容身之處，所以才報考了提供宿舍的水高。

「我是認為很普通啦，不過因為大家都這麼說。」

伊織從褲子口袋裡拿出手機，操作之後把畫面拿給栞奈看。

「這個。」

畫面上顯示的是一位與伊織同樣戴著大大耳機的女性。蓬鬆柔軟的短髮、成熟的五官。原來如此，不愧是只有長相可取的伊織的姊姊，的確是個美人胚子。照片上的她在國外的建築物前嫣然露出笑容。

「她現在正在奧地利留學。有男朋友。」

「這我已經知道了。」

這是發生在栞奈剛住進櫻花莊沒多久的事。去看伊織的比賽時曾遇到她的男友館林總一郎，看起來是個正直又認真的人。

「還有，鋼琴彈得很好。」

「這樣啊。」

「嗯，鋼琴彈得很好。」

「這已經說過了。」

「真的彈得很好呢。唉～～」

「你是希望我安慰你嗎？」

「真要別人安慰的話，我也會挑對象。如果要讓對方擁抱，就要更有包容力的，主要是胸部一帶？」

伊織極為失禮地看著栞奈的胸前，嘆了口氣。

「那麼，我等一下就拜託美咲學姊帶你去牧場，讓你跟荷蘭乳牛過著幸福快樂的日子。」

「妳才是吧，勸妳最好多喝點牛奶喔。」

不用他說，栞奈也每天都喝牛奶。不過，身體既沒什麼變化，對於減輕壓力這一點也完全幫不上忙。

「唉～～真羨慕企鵝這麼悠閒啊。」

大概碰巧是餵食的時間，飼育員走了過來開始丟魚餌。企鵝們俐落地在空中攔截。

「牠們要煩心的事至少應該比你多。」

「咦～～什麼煩心的事啊？」

「那隻小企鵝跟左右鄰居兩隻母企鵝是三角關係，所以很煩惱該選哪個才好。裡面那隻大的公企鵝，昨天太太跟他的外遇對象碰個正著，現在陷入一觸即發的狀態。前面這隻母企鵝最近因為發胖了，正在跟減肥苦戰中，剛剛跌倒的那隻腰痛得不得了。」

「妳對企鵝的事好清楚喔。」

栞奈原本只是想隨便應付一下，沒想到伊織眼睛閃閃發亮。

「全都是胡謅的。」

「妳騙了我嗎！」

「是你自己要被騙的吧。一般人哪會相信啊。」

「我又不是一般人。」

不知為何，伊織一副很驕傲的樣子。

「這不是該抬頭挺胸自傲的事吧。」

「跟別人不一樣不是很好嗎？」

「你要怎麼想都隨你高興，不過，能不能不要站在我旁邊？」

「為什麼？」

「愚蠢會傳染。」

「會傳染嗎！」

「你承認自己是蠢蛋啊？」

「說別人是蠢蛋的傢伙自己才是蠢蛋啦，蠢～～蛋！」

「你剛剛說了三次，所以用漢字來寫的話，你果然是馬跟鹿（註：蠢蛋的漢字為馬鹿）耶。」

「怎麼會有這種蠢事！」

「好，第四次了。」

「妳設計我！」

「是你自己要被設計的吧……算了，離我遠一點。」

「我都問妳為什麼了。」

「因為不想被旁人以為我們認識。」

「這樣有什麼關係？」

「要是被誤以為我們是男女朋友，我會想死。」
周圍有許多情侶檔。栞奈與伊織的組合，在別人眼裡看來大概也是這樣吧。
「這點確實是個問題呢。」
一臉嚴肅的伊織目不轉睛地觀察栞奈。
「要是被人以為我喜歡這種貧乳，那可真教人絕望。」
「在你的腦袋裡，除了這個就沒別的東西嗎？」
「咦～～可是總是會興致勃勃地想要摸摸看嘛。」
「……」
「幹、幹嘛啊，妳那像是在看垃圾的眼神。」
「我這確實是正在看垃圾的眼神。」
「至少也保留『像是』這兩個字吧！」
「不要。」
「妳是怎樣啊，全身是由惡意組成的嗎？妳是惡魔之子嗎？」
「……」
「幹嘛啊，妳那像是在看天兵的眼神。」
「我這確實是正在看天兵的眼神。」

「『像是』快回來啊！」

這時傳來了交頭接耳的談話聲。

「那是怎麼回事，約會吵架嗎？」

「我們以前也常這樣耶。」

年約二十過半的情侶檔看著栞奈與伊織這麼說了。

「不是啦～～我喜歡的是那種胸部更大的女孩子！」

明明不予理會就好，伊織卻把內心所想的全盤托出。

總覺得越來越不自在了。

「吶，我說你啊。」

「喔、喔，幹嘛啊，看妳一臉想殺人的表情。」

「以後不要再靠近我三公尺以內的距離。」

栞奈如此說完，不待回應便快步離開了。

這時，有個認識的人踩著小跳步從正前方跑了回來。

「啊～～找到你們了，小伊織、光屁股！」

「等、等一下，請不要在這麼多人的地方這樣叫我！」

「好～～那麼，我們回札幌了。」

「咦？」

來到旭川才過了約三十分鐘。

「啊，妳想吃個旭川拉麵再走嗎？」

「不，不是那樣，動物園已經逛完了嗎？」

「我已經充分享受了白熊，嘎吼～～！」

美咲高舉雙手擺出威嚇的姿勢……栞奈才這麼想就被緊緊抱住。

「等、等一下，美咲學姊！」

雖然從外表就看得出來很壯觀，但美咲胸前的彈力實在很驚人。她擁有栞奈沒有的東西。

「啊～～真好啊。」

伊織很羨慕似的看著被抱住的栞奈。

「請、請放開我。」

栞奈抓住美咲的肩膀拉開距離。

「動物園應該還有很多其他值得一看的東西，像是海豹、獅子、豹、蝦夷鹿跟島梟等。」

「想看的時候再過來就好了，沒問題喔！」

聽到如此斬釘截鐵的說法，栞奈也說不出話來。

出生至今，第一次遇到價值觀與自己這麼不同的人，終於完全了解空太口中所說的外星人的意思了。

「啊～～對了、對了，路上還要買你們兩個人的衣服呢！」

美咲不在意低著頭的栞奈，已經開始其他的話題。

之後栞奈享用了美味的旭川拉麵，搭美咲開的車又回到了札幌。

她被帶進位於華美車站大樓裡的服飾店，還在試衣間裡遭受美咲的魔爪，被迫試穿了許多種衣服，完全被當成換裝的洋娃娃。由於美咲連內衣褲也幫忙挑選，實在讓人覺得很難為情。

多虧如此，抵達飯店的時候，栞奈已經疲累不堪。對於平常個性上就不太會出遠門也幾乎不會挑戰新事物的栞奈而言，今天一整天實在是莫大的負擔。因移動所產生的肉體疲憊，以及與美咲這個未知生命體接觸而衍生的精神疲勞可不是開玩笑的。

她甚至沒有力氣對美咲訂的皇家豪華頂級套房的華麗程度感到驚訝，逃進四間房間其中一間之後摘下眼鏡，趴倒在床上。

「好累……」

這麼一來，終於能休息了。

才這麼想的時候，房門就被猛烈地打開了。進來的人是美咲。她究竟有什麼樣的體力，不僅總是跑跑跳跳，甚至還負責開車，不但沒顯露出疲憊，還讓人覺得她似乎越來越有精神了。

「要去洗澡囉～～！這裡有大浴場喔！」

「我用這裡的浴室就好了。」

剛剛誤以為是房間而闖進去的浴室裡，有可愛時尚的按摩浴缸。

「不行喔，光屁股！」

唯獨現在，栞奈甚至覺得這綽號也無所謂了。

「大浴場才是教育旅行的醍醐味喔！跟我互相幫彼此刷背吧！讓我們比賽從這一頭游到那一頭吧！或者來一場香皂溜冰對戰！」

越來越不想跟她一起去了。

「啊，莫非光屁股是香皂曲棍球派！」

「我不喜歡跟很多人一起洗澡。」

有種沒有防備的感覺，讓人很不自在。況且要是跟身材姣好的美咲一起洗澡，一定會陷入自我厭惡的情緒。

「嗯，那我們走吧！」

栞奈被美咲抓住手拉起身。

「……好。我去。」

看到美咲純真的笑容，栞奈也只能如此回答。

4

「唉……真的累慘了……」

從大浴場回來後，栞奈身穿浴衣就俯衝趴倒在客廳的大沙發上。

遭受美咲上下其手，實在是慘透了。被別人碰觸到那種地方還是這輩子第一次的經驗，光是回想，臉就逐漸紅了起來。

今天自始至終都被美咲的步調耍得團團轉，從來沒有內心如此前後左右無止境地動搖過。尤其是最近，已經特別留意盡可能過著沒有任何感覺、不會莫名動搖、穩定而不被捲入什麼事件的生活……

「什麼時候才能回家呢……」

空太等人的教育旅行，預定是四天三夜。

如果要配合這個時程，恐怕還要再待上三天。

一想到這裡，憂鬱的烏雲就籠罩在栞奈的頭頂上。

不過，也發生了讓人覺得有那麼一丁點值得慶幸的事。

從大浴場回房間的途中，在飯店裡的伴手禮專賣店遇到了空太，兩人也聊上了一段話。

被稱讚沒戴眼鏡的樣子時，栞奈不禁心跳加速。

她抬起埋在沙發裡的臉，玻璃窗上映著她的表情。她試著用手梳開髮絲，不過因為沒戴眼鏡，看不太清楚。

於是栞奈將一直握在手中的紙袋包裝拿到眼前。

空太買了栞奈在伴手禮專賣店看上的手機吊飾給她。

她撕開膠帶，拿出裡面的東西。

是熊的吉祥物。北海道限定「咬人熊～」白熊版。

栞奈從放換洗衣物的籃子裡拿出手機，掛上了吊飾。

要穿過細小的孔有些令人煩躁。不過不知怎麼的，無法順利穿過孔洞對現在的她來說也覺得開心。

她用手指輕戳從手機垂掛下來的白熊，吊飾便緩緩前後搖晃起來。

「嗚喔！」

這時傳來了破壞氣氛的愚蠢聲音。

「不要發出怪聲。」

「是妳害我發出怪聲的吧。」

「什麼跟什麼啊。」

「因為妳看起來心情很好耶。妳沒事吧？」

被這麼一說，栞奈才注意到自己嘴角露出了笑容，還啪噠啪噠踢著雙腳。

「看起來簡直就像是女孩子傻笑看著男友送的禮物耶！快醒醒吧！妳應該不是那種可愛的女生才對！快回來吧！」

「我說你喔……」

栞奈不耐煩地瞪著伊織。

然而彷彿要蓋過她的話一般，這時響起了門鈴聲。

似乎是有人來了。

栞奈一邊仔細整理好浴衣一邊移動到房門前。

帶著些微警戒緩緩打開了房門。

站在走廊上的是栞奈也很熟悉的人物。

在櫻花莊裡住在栞奈的隔壁房間……202號室的美術科三年級生。

椎名真白。

具透明感的白皙肌膚，以及就像這北海道星空的清澄眼眸。

纖瘦的身體，讓人不禁想保護她的飄渺虛幻，全身散發出幾乎要破碎般的纖細氛圍。不過，她的眼神也讓人感覺到她凜然堅強的內心。

在栞奈遇過的人當中，她絕對是最漂亮的一個。

即使是搬進櫻花莊已經過了三週的現在，像這樣看到站在眼前的她，栞奈還是會忍不住心跳加速，心神不定。

「栞奈。」

真白的手上似乎拿了什麼東西。白色的布料，從形狀看起來大概是洋裝吧。

真白發出銀鈴般的聲音開口說了。

「啊，對不起，我竟然在發呆。」

「美咲呢？」

「她在裡面。請進。」

栞奈將身子往牆邊靠以便讓真白過去。真白無聲無息地走進房間。

回到客廳一看，不知何時，美咲已經將電視遊樂器主機和大螢幕電視連接，與伊織玩起格鬥遊戲對戰了。這到底是從哪裡拿出來的呢？

「美咲。」

「喔～～小真白，歡迎妳啊！要不要一起玩？」

「不用了。」

「啊，我剛剛忘記說了，規則是輸的一方要一件一件脫衣服喔，小伊織！」

「真的假的！呀喝～～！啊、咦？被瞬殺了？」

畫面上跳出「ＫＯ」。第二回合也是幾秒鐘就被解決了。

「你太沒用了喔，小伊織！」

「我都說了我是初學者，請妳要手下留情。」

「辦不到！反正就是這樣，快脫吧，小伊織！」

「是……」

伊織的手伸向洗完澡後穿上的浴衣的帶子。他毫不猶豫就想解開，栞奈便用力拉扯他的帶子，讓他打不開結。

「啊～～妳在幹什麼啦！」

「要是你脫了可是會造成我的困擾。你有沒有搞清楚？這身打扮光是脫掉一件就結束了。」

「我跟妳不一樣，我有穿內褲，所以還可以繼續下去。可別太小看我了，嘿嘿～～」

伊織說著掀起浴衣下襬，露出了似乎是在伴手禮專賣店買的印有寫實熊圖案的四角內褲。

「……」

儘管想抱怨的話多得跟星星一樣數不完，但栞奈卻因為某個理由而語塞了。雖然伊織應該只是隨口說說，不過栞奈現在確實沒穿內褲。因為是穿浴衣……這也是原因之一，還有就是心境上想要抒發今天累積的壓力，所以在洗完澡穿衣服時，一時衝動便沒穿內褲就直接披上浴衣。

「美咲學姊，請給我練習的時間！」

伊織極為認真地向美咲低下頭，完全跪拜在地上。第一次現場看到這種畫面。

「好吧！」

「太棒了～～！我要好好加油，直到可以拜見胸部的那天為止！」

伊織一個人幹勁十足地開始練習電玩。然而，從他還會被電腦對手打得落花流水的情況看來，通往勝利的道路還無比遙遠。

「所以，小真白找我有什麼事？」

「明天要跟空太去小樽。」

「喔喔，約會！真不錯，真不錯呢！」

「穿這件衣服好嗎？」

真白攤開拿在手上的洋裝，貼在自己身上。

「嗯，很可愛喔，小真白！」

「是嗎？太好了。」

真白的表情安心似的稍微變柔和了。

「順便戴一頂帽子吧！」

美咲從圓盒子裡拿出跟栞奈的衣服一起買的大帽緣帽子，放在真白的頭上。與白色的洋裝十分搭配，更突顯了清秀的感覺。

「我有事想拜託美咲。」

「什麼事、什麼事？」

「教我化妝。」

「ＯＫ～～」

與對真白說的話感到驚訝的栞奈呈對比，美咲完全不加思索就答應了。

「那麼，到這邊來吧，小真白。」

美咲拉著真白的手，走進了設在按摩浴缸旁的化妝間。竟然與一般的盥洗室分別設置，只能說真不愧是皇家豪華頂級套房，房間構造徹頭徹尾就是豪華，一應俱全得有點過頭了。

即使不用特意問也明白真白為什麼要化妝。

一切都是為了明天。

因為要跟空太去小樽……

因此，真白想讓自己變得更漂亮。就栞奈看來，真白就算素顏也已經非常漂亮了，漂亮到幾乎讓人覺得可怕的地步……儘管如此，為了空太，她還是想變得更美麗。

這一定就是所謂的戀愛吧，沒辦法放心地認為「這樣就沒問題了」，總是抱著不安。

栞奈看著專心接受美咲教學的真白，感覺自己的內心越來越無以自容，感到呼吸困難而把視線別開。

「我絕對要贏美咲學姊啊～～！」

轉過頭去，看到以一副拚死的模樣做電玩特訓的伊織。

栞奈不發一語地逐漸靠近，接著關掉電玩主機的電源。

「嗚啊～～！妳在幹嘛啦！想阻礙我的夢想嗎？好吧，我就先打倒妳，絕壁眼鏡女！」

「離開這個房間。」

「咦？為什麼？」

「因為我要睡覺了。」

「那妳就睡啊。」

「我不想跟你睡在同一個房間。現在馬上出去。你不離開的話，我就要叫警察了。」

栞奈拿出手機按下「１」、「１」、「０」，依序發出「嗶」、「嗶」、「啵」的聲音。

「喂，妳剛剛真的按了１１０吧？」

「真不愧是音樂科的，只有耳朵很敏銳嘛。」

「我好歹也有絕對音感啦！不然才考不上水高呢！」

「反正你趕快離開就是了。你希望我按下發話鍵嗎？」

「不、不要按，絕對不准按喔。啊，我這樣說，聽起來該不會就像在叫妳趕快按吧？」

「是啊。」

栞奈的手指放在發話鍵上。

「哇～～等一下、等一下啦！我出去就是了！我早就想出去了啦，可惡！妳給我記著……」

「幸好你能諒解。」

僅管眼裡隱約淌著淚水，伊織還是走出了房間，最後還向栞奈送上依依不捨的視線……

伊織離開後，周圍一下子靜了下來。

化妝間裡，露出額頭的真白正在挑戰化妝。栞奈以眼角餘光瞥了一眼，沒看到最後便往寢室移動。

她趴在床上，把臉埋進枕頭裡。

雖然對伊織是完全不合理的遷怒，但心情意外地變輕鬆了。剛剛對他確實是太過分了，明天再對他溫柔一點吧。栞奈心中這麼想著閉上了雙眼。大概是因為今天一整天的疲憊，栞奈的意識很快就沉入了夢鄉。

5

北海道第二天的早晨，栞奈被美咲緊緊抱住，因為她胸部重壓所帶來的窒息感而醒了過來。美咲身體柔軟還有舒服的香味，不難理解伊織吵鬧不休的理由。可以的話，栞奈也想要有美咲這般曼妙的身材。

吃完客房服務送來的早餐，前往空太住的房間叫醒伊織後，與昨天一樣，栞奈又坐上了美咲的車。

被帶往的地方是啤酒工廠。

水高的三年級生是去參觀乳製品工廠，不過似乎是因為那邊超出了可接待的名額，所以預約不到。

栞奈、伊織、美咲三人沒辦法，便去參觀啤酒的製造過程。啤酒工廠意外地相當受歡迎，上午就有不少人去參觀，而且都是大人。在結束觀摩的時候終於知道了最主要的原因——可以試喝剛製好的啤酒。

未成年的栞奈等人喝了果汁取代啤酒，之後便結束參觀行程。

「準備好了嗎？諸君！接著就要兜風到小樽去了！」

在啤酒工廠觀摩之後，栞奈等人便搭車前往小樽。沿海道路具有開放感，感覺很舒服。以美咲嘴裡哼著的謎樣歌曲作為背景音樂，眺望著美麗的景緻，很快便抵達小樽。車程大約一個小時。

車子停進飯店的停車場，早早就先完成了住房登記。今天也是住飯店的最高樓層，寬敞豪華過頭的房間。時間是下午一點三十分。水高三年級生搭乘的巴士正一部部陸續抵達眼底所見的停車場，學生們成群帶著行李進入飯店。在這群人當中有個格外引人注意的存在。那就是真白。

這麼說來，她昨天曾說過要跟空太一起去逛小樽。雖然本人並沒有說得很明確，不過那應該就是約會吧。

「……」

栞奈搖了搖頭不再多想。

「學弟他們在這之後好像是自由時間，我們也這麼做吧。」

不知從哪裡弄到手的，美咲身上帶著教育旅行的指南。

「來，這給你們。」

接著她將旅遊書發給栞奈與伊織，封面上大大寫著「札幌．小樽」的字樣。

「那麼，解散！」

美咲伴隨著吆喝聲衝出房間。

「我想吃螃蟹～～！」

靈魂的吶喊聲跟著腳步聲逐漸遠去。

栞奈因為有在意的事，過了一會也決定出門去了。

搭電梯來到一樓大廳。

首先確認左右。沒見到目標人物。水高三年級的學生也許還在剛剛把行李搬進去的房間裡優哉游哉。

栞奈走向從電梯與入口之間的動線看不到的柱子後方死角。

等了約五分鐘後，幾個團體下樓，出發到小樽的街上。栞奈等待的人出現時，是又過了五分鐘之後的事。

一身輕裝的空太身邊沒有人，也沒等任何人就走出了飯店。原以為他們一定是約在飯店大廳會合，沒想到猜錯了。

栞奈以約十公尺以上的距離跟在空太身後。

空太看著周遭的景色一邊走著，所以實在讓人膽戰心驚。栞奈還在想著萬一他回過頭來要說什麼藉口時，已經到了小樽車站前。

栞奈離開馬路，蹲在停放於圓環旁的車輛後方躲起來。

空太站在車站的出口附近，拿出手機似乎在確認時間。

車站的時鐘指針指向下午兩點。

看來似乎是與真白約在小樽車站會合。越來越像是約會了。

約定的時間應該是兩點。

栞奈心想真白也差不多該出現了，便把視線朝向飯店的方向。不過現在還沒看到人影。以她的外型而言，只要一進入視野就會非常顯眼，會馬上認出來。

然而即使等了五分鐘、十分鐘，真白還是沒有出現。經過了十五分鐘，回過神來發現再過幾十秒就要二十分鐘了。

在這段期間，空太並沒有特別焦躁或不耐煩，只是看了手機好幾次，把手機貼在耳朵上好幾次而已。

終於，即將要進入三十分鐘的時候，突然有人拍了栞奈的肩膀。

「呀！」

她忍不住發出尖叫。

「妳在幹嘛？」

轉過頭去，發現伊織就站在身後。

「而且，妳剛才的『呀！』好像女孩子喔！妳是不是發燒了啊？」
「你的眼睛是不是瞎了？我本來就是女孩子。」
「那妳在幹嘛？」
「……這是……」
栞奈吞吞吐吐的還以眼角餘光瞥了空太，卻差點要跟轉向這邊的空太對上視線。
她慌張地拉著伊織的手，讓他蹲下。
「哇啊啊啊啊！我要被偷襲了！嗚！嗯！」
栞奈趕緊用雙手摀住他的嘴。
「安靜一點。」
「嗯！嗯！」
再次確認空太的方向。看來似乎沒被發現。他已經沒看向這邊，反而盯著飯店的方向。
也許是真白來了。栞奈這麼想著而把視線轉過去時，確實就是這樣。
同時在看到真白的那瞬間，栞奈完全說不出話來。
白色的洋裝以及昨天美咲借給她的寬帽緣帽子。她「啪噠啪噠」踩著涼鞋，跑向空太身邊。
栞奈就連摀著伊織嘴巴的手也自然放鬆了。
「啊，那不是空太學長跟椎名學姊嗎？」

緊貼在車子的玻璃上，伊織也窺探起狀況。

「妳不覺得今天的椎名學姊很棒嗎？那是什麼啊，妖精？天使？女神？天女？」

也難怪伊織會發出興奮的聲音了。

因為化著淡妝的真白正是如此美麗動人得不得了。

雖然聽不到兩人在說些什麼，但唯獨感覺得出空太對於眼前的真白感到手足無措。

感覺就像是沒辦法正視她的臉，從這裡也可以看出他滿臉通紅。

在幾次的對話之後，空太與真白並肩邁開腳步。不，真白稍微落後一點，散發出剛開始交往的青澀情侶般的羞赧。

「那麼，妳在幹嘛？」

伊織以有些敬而遠之的視線看著栞奈，簡直失禮到了極點。

不過，栞奈也懷疑自己到底在幹什麼。

這樣一點也不正常，還是馬上回飯店吧。腦袋雖然這樣想著，內心卻完全沒有這個意思。

不僅如此，栞奈還站起身，看著逐漸變小的空太與真白的背影，追了上去。

「無視我的存在？這樣嗎～～！」

「你別跟來啦！」

從小樽車站出發的空太與真白來到了小樽知名的觀光勝地——運河，現場還有許多其他觀光客的身影。

空太坐在附近的長椅上，看著在柵欄前開始素描的真白。

栞奈小心避免靠太近，在兩人旁邊的長椅上坐下，正好得以混進其他觀光客團體裡。

「所以，說真的，妳到底在幹什麼？」

「你幹嘛跟著我？」

「我就是……那個啊、那個啦。」

伊織看向別的地方。

「哪個啦？」

「想說日後用得上，所以就來觀摩空太學長約會。要是交了女朋友卻不知道該怎麼辦，不就糟了嗎？」

「你不用擔心這個吧。」

「嗯，也是啦，如果是我，靠愛的力量總是會有辦法的。」

「因為你不會有交到女朋友的那一天。」

「別說這種恐怖的話啦！」

「講話不要太大聲。」

栞奈嚴肅地瞪著伊織，他便露骨地往後退。

「啊～～我好想交女朋友喔。好想要女朋友喔～～」

伊織鬧彆扭似的開始在地面上亂畫。真是煩人。

「我告訴你一個好方法。」

「什麼好方法？」

「就是閉上嘴，默默地彈鋼琴。因為你的臉長得還不錯，應該會有蠢女人上鉤吧。」

「真希望是大胸部的女孩子耶。」

「都叫你別說那種話了！」

「噓～～！會被學長姊發現。」

伊織用手摀住栞奈的嘴。

「喂、喂，放開啦。」

由於栞奈抵抗，伊織的手一滑，瞬間滑落到栞奈的胸部上。

「笨、笨蛋，不要亂摸啦！」

「啊，他們好像要去其他地方了。」

聽他這麼一說，栞奈望向空太與真白。空太已經從長椅上站起身。

「話說回來，我說妳喔。」

「怎、怎麼樣？」

「胸部是不是放了鐵板？」

「什麼意思？」

「比鋼琴鍵盤更沒有凹凸起伏。」

「去死。」

栞奈面無表情地以膝蓋攻擊站起身的伊織胯下。

「咕喔喔喔喔喔喔喔喔喔喔喔喔！哇喔喔喔喔喔喔喔喔喔喔喔喔喔喔喔！」

伊織靈魂深處的吶喊響徹整條運河。

從運河開始移動的空太與真白，走向老舊銀行建築物集中所在的北之牆街。

栞奈也保持不近不遠的距離緊跟在後。而學不乖的伊織則以蹣跚的腳步繼續跟在後面。

「己所不欲勿施於人的道理，妳沒學過嗎？」

伊織摀著胯下並投以抗議的視線。

「不好意思，因為我不了解你那種痛苦。」

「是嗎？所以才會做出那種事……啊～～好痛，還是好痛。要是不能用了，妳可要負責。」

「什麼跟什麼啊，你是想跟我交往的意思嗎？我才不要。」

「我、我才沒那樣說啦！我是在說如果我沒辦法留下子孫……啊，不過，這麼說來就是那個意思嗎？」

伊織說到一半就變成自言自語，栞奈便決定不理他。

而空太與真白則在路上停下了腳步。

因為有點距離，還是聽不到對話。然而，唯獨氣氛不太好這一點倒是清楚地傳了過來。雖然稱不上情勢惡劣，但感覺得到兩人的互動有點尷尬。

「是不是吵架了啊？」

既然連伊織都感受得到，說不定算是意外嚴重的情況。由於沒料想到會目睹這樣的光景，栞奈內心無法立刻應對眼前的事實，胸口一陣焦急。

空太與真白再度邁開腳步，但圍繞在兩人之間的氣氛卻沒有改變。

在這之後，空太與真白在玻璃工坊打發時間，又逛了音樂盒與蠟燭的專賣店，也在點心店吃了年輪蛋糕。

並沒有發生特別引人注意的事。真要說的話，就只有真白把素描簿忘在伴手禮專賣店這件事。由於空太與真白似乎都沒察覺到這件事，因此栞奈便從店員手上代為保管了這本素描簿，現在也還拿在手上。

直到最後，空太與真白之間的氣氛仍然很僵，不管做什麼事，兩人頭上都籠罩著混濁厚重的烏雲。感覺就是這樣。

面對這麼漂亮的真白，空太究竟對哪裡感到不滿呢？即使想了也不明白。栞奈無法理解空太的心意朝向哪邊。

「妳實在很厲害耶。」

「哪裡厲害了？」

「不能只滿足於暴露癖，甚至還幹起跟蹤這種事。我覺得妳身為一個變態實在是太強了。」

「要不要我再踢你一腳？」

「噫！」

不理會慌張地神速退後的伊織，栞奈又緩緩跟上要走回飯店的空太與真白。

6

一進到飯店大廳就聽到空太的怒吼聲。

「都是因為妳說了奇怪的話！」

空太站的位置幾乎是大廳的正中央，與真白對峙。兩人之間充滿了冰冷的緊張感。

周圍安靜得猶如屏氣凝神一般。

空太似乎察覺到了自己的焦躁，小聲地繼續說著：

「……不對，我沒在生氣。」

然而聲音裡卻還殘留著帶刺的情緒。

「說謊，你明明在生氣。」

所以，真白也不會這樣就接受了。

「覺得不高興的人是妳吧。」

「都是空太害的。」

「啊？」

「也不稱讚我的衣服！」

真白的吶喊聲響徹整個大廳，任誰走過都會因為這聲音而停下腳步，注意力朝向空太與真白。現場所有人都成了觀眾，無法將視線從舞台正中央的兩人身上移開。

「那是怎樣？怎麼了嗎？」

「情侶在吵架嗎？」

「那個是椎名同學吧？那兩個人在交往嗎？」

大廳吵吵嚷嚷地喧鬧起來。

就連一般遊客也因為事出突然而以不解的表情觀察兩人的狀況。櫃台小姐也面面相覷，商量著是不是要過來阻止。

「我不管空太了！」

真白向空太丟出帽子，就這樣朝電梯的方向跑去。在看熱鬧的人群中，有一位像是真白的同班同學、綁著兩邊低馬尾的女孩子走出來，撿起帽子。她瞥了空太一眼後，便追向真白離開了。

「可惡！」

空太任憑焦躁不耐的情緒驅使而踹了地板。不過，他又立刻大步走向樓梯，消失了身影。

大廳各處都在聊著兩人的八卦。

嘈雜的聲音停不下來。

不久，空太再度回到大廳。

他一從樓梯上衝下來，就一邊喊著什麼一邊飛奔出去。

栞奈想也沒想，又跟在空太後面追了過去。

「啊、喂！」

完全不聽伊織制止的聲音。

追著空太繞了小樽街道一圈，卻始終找不到跟丟了的空太身影。

栞奈決定放棄而走回剛開始去的運河。這時，她看到了空太坐在瓦斯燈下的長椅上。

她緩緩走近，站在他面前。不過，低著頭的空太沒有發現她。

「空太學長。」

栞奈出聲叫喚，空太終於抬起頭來。

「竟然會在這個地方碰到，還真巧啊，栞奈學妹。」

「並不是巧遇。」

「嗯？」

「因為我在飯店的大廳看到空太學長與椎名學姊。」

「這樣啊……真抱歉，還讓妳擔心了。」

空太的臉上露出了不適合他的苦笑。

「不，不是那樣的……是有東西要給你。」

即使懷抱著些許畏縮的心情，栞奈還是立刻遞出了素描簿。

「啊！」

驚訝的空太猛然把手伸了過來。

「我就是一直在找這個！」

「所以我才送過來的。」

「栞奈學妹也幫忙找了嗎？真是太感謝了。」

「不，那個……」

栞奈將手從素描簿上放開後，視線在空中飄移。

「過中午之後，我們也在小樽……然後，偶然看到空太學長與椎名學姊……」

栞奈說到這裡，空太似乎理解了她想說的事，便有些傻眼地露出苦笑。

「只是走的方向偶然相同，然後發現椎名學姊把東西忘在伴手禮專賣店。」

栞奈自己很明白理由太牽強了，也了解這些根本不需要說出來。然而，面對空太就是會不小心說出口，所以也沒辦法。該怎麼說呢？空太似乎有讓栞奈稍微變直率的能力。

「至少給我一通電話，我也不用在夜晚的小樽全力衝刺了。」

「空太學長的手機號碼跟信箱，我都不知道。」

栞奈自然而然變成了鬧彆扭的語氣。

「啊，是這樣嗎？」

空太搔了搔腦袋。

「現在就來交換吧。」

空太如此說著拿出手機。

「好的。」

栞奈聲音不禁興奮起來。她拚命忍住表情並抓住包包裡的手機。手機上還掛著昨天空太買給自己的吊飾。

因此沒辦法把手伸出包包。空太會不會覺得自己很奇怪？

「忘了帶來嗎？」

「不、不是。那個……」

「啊～～不願意告訴男生電話號碼？」

「也不是。因為比起一般男生，我已經比較信任空太學長了。」

栞奈如此說明並拚命思考該怎麼辦，結果還是乾脆地掏出了手機。

「那、那個……沒有別的意思喔。」

白熊版的「咬人熊～～」垂掛晃動著。

「這麼快就繫上去啦。」

注意到的空太理所當然地把話題轉了過來。

「不、不行嗎？」

雖然栞奈試圖裝出無所謂的態度，但一開始就失敗了。

「不，這樣反而比較好。」

空太顯得真的很開心。對於栞奈喜歡吊飾覺得高興，當然沒有別的意思……彼此用紅外線交換手機號碼跟信箱。

由於空太是以「神田空太」的登錄名稱傳出，栞奈還刻意把它改成「空太學長」。

明明只是得到了手機號碼跟信箱，卻莫名感到緊張，心臟撲通撲通跳個不停。不過並不是不舒服的緊張感，看到已經登錄的「空太學長」，身體便感到飄飄然。

栞奈把視線從手機往上移，與空太視線對上。她覺得尷尬便立刻撇開視線，反而轉向空太身旁沒人坐的空位。

「……我可以坐在你旁邊嗎？」

「當然可以。」

「打擾了。」

她緩緩坐了下來。

然後盯著眼前的運河水面。

「空太學長。」

「嗯？」

接下來的話語自然地脫口而出。

「如果一直看著一個人，這就是戀愛嗎？」

「應該是吧。」

對於突如其來的提問，不見空太有任何動搖。

「聽到那個人的聲音，就會忍不住尋找他的身影，這也是戀愛嗎？」

「我想應該是。」

栞奈以眼角餘光偷看空太。空太與剛才的栞奈一樣，目不轉睛地盯著運河。然而，栞奈認為他還是與自己不同。空太雖然看著運河，但感覺上意識卻是向著其他地方。

那一定是真白與七海。

正因如此，為了不讓自己多想，栞奈只能繼續提問。

「每天晚上睡前都會想著那個人也是嗎？」

「嗯。」

空太用平靜的聲音回答並點了點頭。接著，緩緩站起身繼續說道：

「就算跟那個人吵架，對那個人感到火大，心想再也不想見到那個人的臉，甚至連話都不想說，最後如果滿腦子還是那個人，那一定就是戀愛了。」

「空太學長所說的『那個人』，指的是椎名學姊嗎？」

「……」

「還是青山學姊？」

「……」

空太沒有回答。不過，栞奈很慶幸他沒回答。因為無法想像現在他說了什麼之後，自己會做何反應，因此感到很不安。

「我對討厭的東西就是討厭。」

不待空太回應，栞奈決定自己結束話題。

「這樣啊。」

「我無法輕易原諒吵架的對象，而且會持續很久。我不想再跟自己感到火大、連臉都不想見到的對象說話。」

「真是嚴格啊。」

「我討厭傷害我的人。」

「……」

「所以聽了空太學長的話，我覺得很羨慕。」

「羨慕？」

「即使吵架了、就算覺得很生氣，卻還是喜歡，我認為這是很棒的事。這就表示，連討厭的部分也喜歡的意思吧。」

「是這樣嗎？」

「雖然有點偽善者的感覺。」

「也許就是這樣啊。」

空太的嘴角露出了苦笑。

「不過，我覺得不管好的或壞的部分都能被空太學長喜歡的人，實在是非常幸福。」

這是由衷的真心話。遺憾的是，栞奈已經預見了自己不會是這個對象的未來……

不應該再繼續待在這裡了——內心深處另一個自己如此吶喊著。栞奈決定順從這個吶喊聲，要逃離會傷害自己的東西……

「那麼，我要回去了。」

「要不要我送妳回飯店？」

「不，不用了。飯店就在那邊而已。」

「路上小心喔。」

「好的。」

栞奈站起身來挺直背脊，希望藉由這麼做，相信自己能夠做好。

爬上樓梯，離開運河……離開空太身邊。

即使回過頭也已經看不見空太的身影。

栞奈想要稍微漫步在夜晚的小樽，隨著心情跨出腳步，抬起頭望向正前方。

「呃！」

立刻與表現出難看反應的伊織碰個正著。

不，正確來說，應該是發現了躲在瓦斯燈後面的伊織……

「不能只滿足於偷窺女子浴室，甚至還幹起跟蹤這種事？」

栞奈用有些傻眼的冷漠聲音說了。

「跟蹤別人這種事是彼此彼此吧。」

豁出去的伊織從瓦斯燈後面走出來。

「為什麼你會在這裡？不會是為了日後的觀摩吧？」

「誰教妳突然就跑出去了。」

「不要理我不就好了嗎？」

「話是那樣說沒錯啦，不過畢竟天色也暗了，總是會擔心吧。要是妳有什麼閃失，會讓人睡不好覺。」

「你把我當成小孩嗎？你還比較像小孩吧。」

「妳就算不是小孩，也是女孩子吧。」

「……」

「幹、幹嘛啊。我說了什麼奇怪的話嗎？」

「因為你講了正經的話，害我嚇了一大跳。」

「喔喔，原來如此，啊、喂！」

「講話不要那麼大聲。我不想引人注意。」

「妳現在沒穿內褲嗎！」

不知道會錯意了什麼，伊織睜大了眼睛。

「我不是叫你講話不要那麼大聲嗎？」

「喔、喔。」

「……而且，我有穿。雖然現在很想脫掉就是了。」

栞奈又多嘴了，似乎是自暴自棄到了超乎有所自覺的程度。

「冷、冷靜點。如果在這裡脫了，就身為一個人而言就太變態了喔。」

「我會看地點。」

自己到底在跟伊織聊些什麼東西啊。

「我說妳啊。」

伊織背靠著瓦斯燈。由於長相端正，這樣的姿勢非常適合他。

「幹嘛啊？」

「妳是不是喜歡空太學長？」

「！」

「……」

「你、你在說什麼啊！才、才不是……我才沒有對空太學長……」

「空太學長雖然有點怪怪的，不過對我也很好，又是個好人，我能理解妳的心情耶～～」

伊織自顧自的對自己的發言頻頻點頭表示認同。

「……那種事我早就知道了。」

即使知道了栞奈的祕密，也不曾用有色眼光看她；就算讀過了她以國中時代的日記創作的出道小說不尋常的內容，也仍然以同樣的距離與她互動。不論是哪一邊，明明都是一旦被知道了世界就完了的事情……空太卻接受了。會這麼做的人，栞奈只認識空太一個。

「咦？妳說什麼？」

「我是說，要是我能早一年出生就好了。」

「這樣妳就有能贏椎名學姊跟青山學姊的自信了嗎？好厲害喔。」

不是能不能贏的問題，而是至少能參與競爭。

心酸痛苦的是，對於心中剛萌芽的情愫束手無策，只能默默摘掉。覺得揪心的是，自己就連後悔都感受不到。悲傷難過的是，沒能讓空太察覺到自己的感情。自己只是個什麼都不能做的局外人……

「這麼一來，你就不能用這種口氣跟我說話了。」

「嗯，也是啦。如果多個一年，也許多少會有點發育吧。」

伊織的視線毫不客氣地投向栞奈胸前。

栞奈不發一語地靠近伊織，以懇求的眼神訴說：

「你能不能閉上眼睛一下？」

「啥？」

「好啦，你快閉上眼睛。」

「妳、妳想幹嘛？」

「想做好事。」

「好，我閉上眼睛就是了！」

伊織老實地閉上雙眼。之後，栞奈馬上施以強烈的插眼攻擊。

「嗚喔喔喔喔喔喔喔喔喔喔！」

伊織當場蹲下來痛苦掙扎。

栞奈毫不在意地轉身，迅速走向飯店的方向。

「等等、等等，妳等一下啦！」

復活的伊織急急忙忙追了上去。

「為什麼妳能做出這麼過分的事？啊，妳一定是不了解別人痛苦的現代人吧？沒錯吧！」

「欸。」

「幹嘛？」

「不要靠近離我三公尺以內的距離。」

不知是不是對插眼攻擊有所警戒，伊織一被栞奈瞪便立刻往後退。

栞奈確認之後再度跨出腳步。伊織則跟在有一段距離的後方。

走了一小段路，栞奈又停下腳步。

「欸。」

「幹、幹嘛啊。」

「不要靠近離我三公尺以內的距離。」

「我明明就沒有吧！」

「但是，不要離我超過五公尺以上的距離。」

「……」

「已經是晚上了。」

伊織一步一步縮短距離。

「像這樣？」

兩人的距離大約是四公尺。

「……」

栞奈無言地點了點頭，再次跨出腳步。伊織也保持四公尺的距離跟上，步伐比栞奈還大，而且腳步聲不可思議地富有節奏感，聽起來很舒服。聽著他的腳步聲，內心的壓力感覺一點一點變輕了。

「欸。」

聽到伊織的叫喚聲，栞奈停下了腳步。

「什麼事？」

「那附近怎麼樣？」

伊織手指著小巷子。附近幾乎沒有行人，也沒有照明。

「你在說什麼？」

栞奈不懂他的意思而回問。

接著，只見伊織一臉正經說了：

「脫內褲啊。」

栞奈傻眼得說不出話來。為什麼伊織會蠢到這種地步？到底要怎麼做才會生出這種人類？

「那麼，你可以等我一下嗎？」

栞奈發出惹人憐愛的聲音。

「喔、喔。等妳脫完就好了嗎？真、真是教人有點緊張呢。」

「我覺得很難為情，所以你閉上眼睛吧。」

「這裡這麼暗，什麼都看不到啦。」

「有什麼關係，拜託你啦。」

「喔、嗯。總覺得妳現在真是超色情的耶！」

伊織發出興奮的聲音，仍緊緊閉上眼睛。

真是太單純了。

栞奈快步走向伊織，接著毫不猶豫地使出插眼攻擊。

「哇啊啊啊啊啊！」

伊織發出慘叫聲而毫無防備，栞奈再對準他的胯下補上膝撞。

「喔哇啊啊啊啊啊啊！」

伊織的慘叫聲豪邁地響徹北海道的夜空。

莊的寵物女孩

長谷栞奈
笨拙的戀愛模樣

越是想要變得坦率……

就越是無法變得坦率。

即使知道這樣不可愛……

在他面前還是忍不住表現得很冷淡。

希望他能理解這一點，這樣未免也太任性了。

所以，我越來越討厭自己。

1

「抱歉，我有喜歡的女孩子了。」

長谷栞奈聽到這個聲音，是結束打掃中庭的值日工作，正要返回教室的途中。收拾好打掃用具，經過連接體育館的走廊時……在校長每天早上都會澆水的樹叢旁，看到了一對男女的身影。

五月上旬溫暖的陽光，溫和地包圍著兩人。

男孩子頂著鳥窩頭，脖子上掛著大大的耳機。端正的五官配上高䠷的身材，偷看到的側臉帶著不怕生的可親好感。

他的名字是姬宮伊織，與栞奈住在同一間學生宿舍……櫻花莊，是就讀水明藝術大學附屬高校——通稱水高的三年級生。

栞奈原本打算就這樣直接經過。她沒有興趣干涉不管怎麼看都飄盪著不尋常氣氛的男女情事。然而，知道了在那裡的人是伊織的瞬間，栞奈的腳步無意識地停了下來，不由得將身子隱藏在支撐走廊屋簷的柱子後方，不出聲響地屏氣凝神。

栞奈對跟伊織在一起的女孩子有印象。那是低一個年級的二年級生，隸屬於料理研究社的學妹，名字叫日吉美佳子。雖然不曾與她見過面，但聽過班上的男孩子吵鬧不休地說著「她穿圍裙的樣子真是叫人受不了」或「應該是想當女朋友，不，是想娶來當老婆的學妹第一名吧」。除此之外，栞奈還曾目擊她把在社團做的點心送給伊織的場面。大概就是在那時記住了她的名字。

「那個，這是……」

始終低著頭的美佳子帶著蘊含決心的眼眸抬起頭來，直盯著伊織。

「不能跟我交往的意思吧？」

疊在胸前的手微微顫抖。

「抱歉。」

伊織再度道歉。

遭遇突如其來的場面，栞奈胸口一陣刺痛。這是因為什麼而感受到的痛楚？

「我可以問學長一件事嗎？」

「嗯？什麼事？」

「姬宮學長喜歡的女孩子，是住在同一間宿舍的長谷學姊嗎？」

「咦？」

大概是出乎意料的疑問，伊織發出錯愕的聲音。栞奈也差點忍不住發出聲音，於是慌慌張張地以雙手摀住自己的嘴。心臟撲通撲通狂跳不已，完全沒想到會在這裡冒出自己的名字，內心劇烈動搖。

「呃～～妳為什麼會知道啊？」

伊織有些傷腦筋似的回問。這個提問的方式，無疑就是肯定了美佳子的問題。

「因為很常看見你們在一起……看起來感情很好。」

栞奈完全不知道周遭是這樣看待兩人的關係。

「你們已經在交往了嗎？」

美佳子又如此提問。

伊織靦腆地露出微笑，仍非常認真地回應：

「我告白了兩次，兩次都被甩了。」

「不過，你還是喜歡她嗎？」

「嗯，我喜歡她。」

琹奈縮在柱子後方聽著兩人的對話，雖然一心想趕快逃往校舍，但要是亂動而被兩人發現，那可就慘了。

「這樣嗎？非常謝謝學長這麼清楚地告訴我。」

似乎是不知道該以什麼樣的表情回應，伊織露出像是微笑又像是難為情的複雜神情。

「抱歉……那個，謝謝妳。」

「我雖然沒辦法支持學長，但請你加油。」

美佳子露出逞強的笑容後，小跑步往花圃的方向離開了。

被留下的伊織搔了搔自己的腦袋，也許是對無法回應對方的感情覺得很抱歉吧。

一想到原因出在自己身上，琹奈內心便感到過意不去。還是在變得多愁善感之前，趕快離開這裡比較恰當。要是偷窺一事被發現，事情就會變得更麻煩。

琹奈這麼想著從柱子後方起身。這時，她的制服外套口袋被表面有凹凸設計的柱子勾到了。

「呀！」

一股往下拉的力量使琹奈發出驚呼。

本來還擔心口袋會不會破掉，不過看來似乎沒問題。

然而，卻有其他問題擋在栞奈面前。

視野變得有些昏暗。

栞奈覺得奇怪而抬起頭來，向自己投以狐疑視線的伊織就站在眼前。

「妳在這個地方做什麼？」

「剛結束中庭打掃工作，正要回教室啊。」

栞奈假裝平靜，站起身來。然而，她沒辦法正視伊織的眼睛。偷窺之後的愧疚感以及剛才伊織這句「嗯，我喜歡她」交錯混雜在一起，攪亂了栞奈的心。

「嗯～～這樣啊。」

大概是不打算追問，伊織看來沒有特別在意，走往校舍的方向。

被這麼乾脆地帶過，反而是栞奈在意了起來。她立刻追上伊織，與他並肩走在一起。

筆直走在一樓的走廊上。

「……」

「……」

即使栞奈來到身邊，伊織仍然什麼話都沒說。

栞奈迫不及待地先開口了：

「為什麼拒絕了？」

直截了當地直搗核心。

「嗯？」

伊織一臉不解的表情轉向栞奈。那是孩子般天真無邪的表情，比實際年齡看起來更稚嫩。

「我聽到剛才的告白了。」

「什麼嘛～～妳果然聽到了啊。」

怨恨的視線刺了過來。不過，伊織也沒再說什麼抱怨的話。

「剛才的女孩子，是二年級的日吉學妹吧。」

「妳竟然知道啊。」

「……」

記得她名字的契機，即使撕爛了嘴也說不出口。栞奈以眼角餘光瞥了伊織，倒也不見他特別想追問理由的樣子，臉還是朝向前方。

「不覺得可惜嗎？」

趁著還沒被追問麻煩的問題前，栞奈又繼續說了。

「什麼可惜？」

「她……跟某人不一樣，長得很可愛耶。」

「是啊～～我也覺得她很可愛。」

「跟某人不一樣，看起來個性也不錯。」

「她很常給我在社團做的點心耶。」

那是因為她對伊織有好感。

「跟某人不一樣，身材也不錯。」

「真希望她能讓我摸一下胸部啊。」

豐滿的胸圍隔著上衣也看得出來，伊織不可能沒注意到。

「跟某人不一樣……」

「幹嘛？妳今天是怎麼回事？咄咄逼人的方式比平常更煩人耶。」

「而且她跟某人不一樣，應該也不煩人吧。」

對於栞奈說的話，伊織露骨地露出厭惡的表情。剛剛那番話，確實連栞奈自己都覺得很煩人，不過說完才感到後悔也於事無補。況且這麼點程度的狀況，對栞奈而言根本就是家常便飯。

「跟她交往不就好了。」

「為什麼？」

「你不是幾乎每天都會嚷嚷著想要女朋友嗎？」

「大概兩天才唸一次吧。」

伊織一臉認真地如此說道。

「你上個月也拒絕了二班的女孩子的告白吧。」

「咦？妳為什麼會知道！該不會那個也被妳看到了吧？」

「我沒看到啦。不要把我說得好像偷窺魔一樣，只是神田同學告訴我的。」

神田優子是在櫻花莊一起生活的栞奈的同班同學，也是高兩個年級的畢業生學長……神田空太的妹妹。

「那傢伙～～明明答應我會保守祕密。」

「就神田同學的說法，我跟神田同學之間好像沒有祕密。那天發生的所有事情，她都在睡覺前告訴我了。」

當然這只是優子單方面的想法，栞奈則有許多不曾告訴優子的事。像是自己真正的感情，還有心中的煩惱……

「算了，反正也無所謂。」

「你真是受歡迎耶。」

「怎麼覺得妳話中帶刺？」

「我沒有話中帶刺啊。」

「說是這麼說，妳的表情看起來倒是很可怕喔。」

「我本來就長這個樣子。」

栞奈打算拋下伊織，便稍微加快腳步。然而高個子的伊織步伐也大，一下子就與她並肩了。

「既然你這麼受歡迎，找個好女孩交往不就好了嗎？」

「妳這麼說的話，那要不要跟我交往？」

「不要。」

「我說妳啊，我到底是哪一點讓妳這麼討厭？」

「跟你在一起，就會……」

話說到一半，栞奈突然閉上了嘴。

「跟我在一起就會？」

伊織以期待的眼神催促她說下去。

「……連我都被當成笨蛋。」

為了掩飾說到一半吞下去的話語，栞奈扯了一個很像一回事的謊。

「我說妳喔，罵別人笨蛋的人才是笨蛋喔！」

完全被敷衍過的伊織不甘心地反擊。

「也就是說，妳才是笨蛋啦，笨蛋～～」

「也就是說，連說了四次的你才更是的意思吧。」

「嗯？啊！」

伊織似乎還在說些什麼，但栞奈已經沒有聽進去。

她在心中反芻剛才幾乎要說出口的真心話。

——跟你在一起，就會更突顯自己的惡劣個性。

這才是真心話。

不論對誰都爽朗活潑的伊織擁有照亮周圍的力量。雖然如此，卻又不僅是單純的悠哉笨蛋。他透過音樂面對了嚴苛的環境。從年幼時期開始就過著埋首於鋼琴練習的每一天，兩年前還經歷了可說是鋼琴生命的右手開放性骨折的事故，幾乎稱得上至今累積的東西全都要重新來過的嚴重傷害，即使因此放棄鋼琴與音樂也不足為奇。

儘管如此，伊織還是靠自己的腳站起來，下定決心再次面對鋼琴和音樂。伊織的悠哉模樣是建立在這種堅強的內心之上。

雖然伊織表現出沒什麼大不了的樣子，但栞奈認為這正是他純粹了不起的地方。因為就算面對眼前不合理的挫折，伊織也絲毫沒有因此走偏。

由於這樣的經驗，也使他看起來變得更成熟。與剛入學的時期相比，身高也確實長更高了。像這樣並肩走在一起，要看他的側臉還得把視線往上移到相當的高度才行。

栞奈跟他的身高差距，大概就連踮起腳尖也沒辦法接吻吧。雖然在這個時候，栞奈還沒有擔心這一點的必要……

隱約能理解女孩子們的視線會集中到伊織身上的理由。

長相帥氣，身材高䠷，認真地從事音樂。克服痛苦的經驗之後，還能笑得像個天真的小孩子。雖然一開口就會像笨蛋，不過就女孩子看來，男孩子大概都是這樣。

相較之下，自己又是怎麼樣呢？

栞奈將視線轉向玻璃窗，上面映出戴著眼鏡的樸素女學生模樣。頭髮厚重，神情看來難以親近，沒有男孩子會投以不正經視線的那種有女人味的身材，甚至還被伊織稱為「絕壁」。雖然曾經期待過隨著學年增加，多少應該會有所成長，然而在今年的身體檢查也不見稱得上成長的成長。栞奈實在不認為這樣的自己有女孩子的魅力。

「……」

況且，開朗的伊織比較適合美麗活潑的女孩子，就像剛才向伊織表達心意的日吉美佳子那樣……她擁有與栞奈完全相反的氣質，很有女孩子的味道。

「幹嘛突然不說話？」

栞奈將視線從走廊的磁磚上抬起，伊織的臉就在眼前。他彎著身子由下往上窺探栞奈的表情，距離不到十公分。

栞奈感覺自己體溫急速上升。也許已經滿臉通紅了。

琹奈用雙手把伊織的身子推回去，避免他發現自己的緊張。

「不要靠我太近。」

被推到走廊牆邊的伊織似乎在聞什麼味道。

「總覺得妳有一股好香的味道喔。」

「不、不要說些奇怪的話啦。」

第五堂的體育課時打了排球，當然也流了汗。應該是在換衣服時用的制汗噴霧的味道，然而被伊織這麼一提，總覺得很難為情。

「你現在立刻憋氣，然後就這樣去死吧。」

「我對這世界有太多留戀，還不想死耶。比方說，我還沒交過女朋友，也還沒揉過胸部！」

「我絕對不會跟你交往，也不會讓你摸。」

「我要怎麼做，妳才願意跟我交往？」

伊織踏上樓梯。三年級的教室在三樓。兩人都空著手，必須回教室去拿書包。

琹奈晚了幾步也踏上了階梯。在那起事故之後，琹奈會避免走在伊織的前面。兩年前伊織骨折的意外，就是因為他接住了從樓梯上跌下來的琹奈才發生的。明明是為了彈鋼琴而存在的重要的手……

「欸。」

「如果是剛才的問題，我不會回答。」

栞奈斬釘截鐵地回應。

「不，不是那件事。」

先來到樓梯平台的伊織回頭看向栞奈。

「不然是什麼事？」

「上樓梯的時候，妳總是走在我後面耶。」

「！」

沒想到竟然會被發現。

「那又怎麼樣？」

栞奈冷靜地回應。

「妳該不會是……」

「……」

「以為我會偷看妳的內褲？」

「沒錯。」

「我才不會看咧！」

「誰知道。」

「雖然我很想知道妳到底有沒有穿。」

伊織一臉認真地如此說著。

「等、等一下，你可不可以不要在這種地方說奇怪的話？」

栞奈瞪著伊織。

「順便一提，最近那方面的情況還好嗎？」

「……我沒有那樣做了。」

栞奈再度邁出腳步。關於太過獨特的抒發壓力的方法，她巴不得盡快結束這個話題。

然而，伊織的視線集中在她的裙襬。

「你在看哪裡啊，變態。」

「妳的腿是不是變粗了？」

「……」

栞奈已經完全不理會伊織，爬上樓梯。只有現在這個時候，即使打破要走在伊織身後的規則也無所謂。

不過，伊織還是確實地跟在身邊。

不發一語地來到三樓。普通科的栞奈與音樂科的伊織兩人的教室在左右邊相反方向，因此要在這裡分開了。

老實說，栞奈鬆了一口氣。

一想到要是被誰看見自己與伊織獨處的場面，就覺得靜不下來，開始有點在意兩人在別人眼裡看起來是什麼樣子。實際上，日吉美佳子也懷疑過兩人是否正在交往……以後還是小心一點比較好，要是有奇怪的傳聞就麻煩了。

栞奈想著這些事正準備離開時，被伊織叫住了。

「啊，妳等一下。」

「還有什麼事嗎？」

「……」

伊織露出前所未見的認真眼神。

「有話就快說。」

周遭也有還留在學校的同學。

「我啊……」

「……到底是什麼事？」

伊織閉上眼睛後，緩緩地深呼吸。接著——

「我報名了全日本大賽。」

以清澈響亮的聲音宣告。

栞奈的視線落在伊織的右手上，正好是手腕一帶——兩年前曾經骨折的重要手臂。

「今年的決賽會場就在水明藝術大學的音樂廳。」

伊織說話有些含糊不清。

「所以呢？」

總覺得猜得到他接下來要說的話。儘管如此，栞奈的心臟還是不可思議地撲通狂跳不已。

「妳要不要來看？」

「……為什麼我一定要去看？」

「我希望妳能來。」

「預賽不是才剛要開始嗎？」

要是能老實地回答「好啊」，那該有多輕鬆。然而，栞奈辦不到。

「能進入決賽嗎？」

「不知道。第一次預賽應該能通過，不過第二次預賽的指定曲還沒開始練習。」

「那麼，預賽結束後再說吧。」

連栞奈本身都覺得自己真是不可愛的女孩。

「仔細想想，說的也是。」

伊織極為認真地點點頭表示「確實是這樣」。

「那麼，預賽結束之後，我會再跟妳提這件事。」

伊織帶著天真爽朗的笑容揮了揮手，往音樂科教室的方向離去。不清楚他到底在開心什麼，只見他雀躍地踩著小跳步。

栞奈看著他的背影喃喃自語：

「只有我完全沒在前進啊。」

2

——他一個人不斷前進。

在櫻花莊的浴室裡，栞奈獨自覺得焦慮煩躁。最近胸口總有一股靜不下來的情緒。

伊織告訴栞奈自己報名了全日本大賽以來，已經過了兩個星期。在那之後，同樣的一句話幾乎每天都像詛咒一樣在栞奈的腦海中不斷重播。

——他一個人不斷前進。

「然而，我卻……」

栞奈在浴缸裡低著頭，水面映出鬱鬱寡歡的臉。

「什麼也沒改變。」

仍然不擅長敞開心房，仍然不懂坦率，不管對誰都會擅自築起一道牆，自己拉開距離。

完全無法擺脫討厭的自己，連一公釐也沒前進。

即使想著要老實說出心情，卻害怕說出真心話會受到傷害，結果還是無法變坦率。就算班上感情要好的同學邀約去唱ＫＴＶ或購物，還是常會編出煞有介事的理由拒絕。只有在優子也一起的時候，栞奈才會接受這一類的邀約。

「栞奈也會一起去吧。」

「啊，可是，我……」

「咦～～一起去嘛。」

「嗯，好吧。」

因為優子會像這樣強勢地拖著栞奈去……

「唉……該怎麼做才能讓個性變好啊？」

她對著天花板吐露心情。

很遺憾，天花板並沒能回答她迫切的煩惱。相反的，浴室的門突然從外面打開了。

「人生有高潮，也有低潮！」

出現的人是一起在櫻花莊生活的同學神田優子。

只見她光溜溜地站在門口。

即使同樣是女孩子，栞奈對於彼此裸裎相見也有所抗拒，便立刻把身子縮進浴缸，讓水淹到肩膀的位置。栞奈之所以不特別感到驚訝，是因為這樣的事態在櫻花莊並不罕見。除了優子以外，住在隔壁的人妻女大學生也會以每週一次的頻率，算準栞奈入浴的時間進行突擊。

「神田同學，我應該說過很多遍了，希望妳不要在我洗澡的時候闖進來。」

「咦～～為什麼！」

優子表現出彷彿第一次聽說般驚愕的反應。

「當然是因為會覺得不好意思。」

栞奈縮在浴缸裡。

「我跟栞奈之間根本用不著客氣啦！」

優子滿臉笑容地說了。對話好像牛頭不對馬嘴。當然，優子看來並沒有要離開浴室的意思。

「而且說到商量事情，當然就是要在浴室裸裎相見啦。」

優子自顧自的頻頻點頭同意。

「商量？」

「就商量！」

「……」

「啊，剛剛那是『就是啊』的諧音梗喔（註：與「商量」日文音近）。」

栞奈雖然懂了仍沒有反應，然而優子似乎以為她還沒聽懂。

「妳看嘛，就是啊，就商量！」

優子鍥而不捨地極力說明自己使出渾身解數的搞笑梗。

「算了，這不重要。」

將搞笑失敗的事從記憶中刪除，優子走進浴缸。

栞奈沒戴眼鏡所以看不太清楚，優子的手上似乎拿著東西。是宣傳小冊子還是什麼？

「那是什麼？」

栞奈瞇著眼睛問了。

「就是這個啦，這個！」

優子說完便把拿在手上的東西遞到栞奈眼前。是水明藝術大學的宣傳手冊，上頭大致刊載了各學系及學科的課程。

「要選哪個學系好呢～～」

優子翻著手冊。

「神田同學，妳的志願調查還沒繳出去嗎？」

栞奈的聲音帶著些許驚訝。來到五月下旬，直升推薦的截止日就迫在明天。沒想到竟然有學生還沒確定。

「栞奈覺得哪個比較好？」

優子像在詢問推薦的午餐般一派輕鬆，如此問道。對一個多月前就提出志願學系的栞奈來說，這實在是學不來的才藝。

「畢竟是重要的出路，我認為神田同學應該要思考自己未來想做的事再選擇。」

栞奈坦率地說出意見，已經沒有傻眼或錯愕的情緒。要說的話，是帶著些許開心。對於優子像這樣來找自己商量事情，栞奈單純覺得高興，也因為是能夠實際感受到她把自己當成朋友的一瞬間……

「神田同學，妳將來想做什麼？」

「絕對是當新娘子囉！」

雖然令人難以置信這是高三生說出口的話，不過看優子的眼神就知道她是認真的。

「對象是誰？」

雖然已經猜到答案，但栞奈還是順勢問了。

「哥哥！」

回答果然不出所料。

「妳可能不知道，所以我話先說在前頭，妳沒辦法跟空太學長結婚。因為你們是兄妹。」

「沒問題，因為哥哥跟優子是由紅色的血連結在一起。」

再度出現了神祕發言。

「就說了，你們就是因為這樣所以沒辦法結婚。」

「關於這一點，希望妳能幫我想想辦法！」

優子以雙手抓住栞奈的肩膀。

「就算妳這麼說，我也……先不管這個，現在討論的是志願吧？」

重要的小冊子已經泡在浴缸裡，變得爛爛的。優子慌張地撿起來，卻已經太遲了。

「栞奈選的是文藝學系吧。」

放棄小冊子的優子往栞奈靠過去，與她並肩背靠在牆上。

「嗯，是啊。」

「栞奈真令人羨慕呢～～未來的事情都已經決定好了。」

「倒也沒有全部都決定好了。」

「咦～～可是，妳大學都已經決定要念文藝學系了，將來就是這樣過著寫小說的夢想版稅生活吧？」

「我沒有決定要這麼做，這些事也都還沒確定。」

「是這樣嗎？」

優子歪著頭不解。

「我剛進水高的時候，原本打算念完大學就很普通地去找工作。」

「為什麼！」

「……我並不是一心想著一定要成為小說家才開始寫作。未來的事還沒決定。」

「咦～～那未免太可惜了啦。栞奈的小說明明那麼受歡迎。」

關於這一點其實也很複雜。栞奈本人並不是因為覺得有趣或會暢銷才寫小說。從一開始就一直是如此。

她是以像是日記的延伸這種心情而開始，那種感覺現在也還在。就像是為了填滿未能滿足的歲月而寫個不停的感覺，一邊想著希望無聊的日子能稍微變像樣一點，一邊加上「如果是這樣就好了」的妄想——只不過是這樣的東西。

她從來不覺得創作時非常開心，只是單純不斷藉由書寫來抒發心情而已……

相反的，以小說家之姿出道以來，不得不寫的狀況也成了新的壓力來源。好幾次想著要放棄，卻又不斷撐過來了——不過就是這樣而已。

如果沒有賺取學費這個目的，她甚至覺得現在停筆也無所謂。然而既然要念大學，大概就必須再撐個四年吧。由於父母離婚又再婚，老實說，栞奈與他們的關係並不好。尤其是已經有了新爸爸的那個家庭，栞奈實在不覺得有自己的容身之處。

所以，只要再努力四年就好了。

即使明白這只是半吊子的決心……

什麼都是半吊子，不管是面對小說的心態或是與別人交往的方式……最重要的是，對伊織的態度也是……

「……」

「栞奈？」

優子看著不發一語的栞奈的臉。

「抱歉，我在發呆。」

栞奈掬起浴缸的水，潑在自己臉上。

「以優子的成績來看，最容易得到直升推薦的是哪個學系呢？」

優子一臉認真地盯著吸飽水的小冊子。

想法相當精打細算。

「要不要問問看老師？」

「說的也是。我明天再找小春老師商量看看！」

雖然栞奈只是開玩笑說說，沒想到優子完全當真了。不過如果是班導白山小春，應該沒有問題。畢竟她能帶著好幾位充滿個性，而且曾經住在櫻花莊的畢業生度過三年級這段辛苦的時期……況且就栞奈所知，這些人全都走在自己所期望的路上，所以小春一定也能給優子確切的建議。不過想起她平時隨性的上課情形，心中仍閃過一絲不安……

「好像有點泡昏頭了，我先出去了。」

「嗯，謝謝妳陪我商量囉，栞奈！」

「不客氣。」

栞奈覺得難為情，沒看優子的臉便離開了浴室。

栞奈換上睡衣，用吹風機仔細吹乾頭髮後走出了更衣間。她一邊感覺到優子正要走出來的動靜，一邊跨步準備走回房間。

途中經過玄關門前時，門喀啦喀啦地打開。是伊織回來了。

他與停下腳步的栞奈視線對上。

「喔，是睡衣耶。」

「不要看我。」

栞奈斬釘截鐵地立刻回答。

「咦～～我都這麼認真練習鋼琴才回來，多少讓我養眼一下也無妨吧。」

伊織發出撒嬌的聲音。

擺在鞋櫃上的時鐘指針已經超過了晚上九點。

「那跟我沒關係吧。」

「好啦、好啦。」

脫下鞋子的伊織踩著疲累的步伐走回房間。栞奈看著他的背影，有點後悔剛剛至少該跟他說聲「你回來啦」。

「啊，你回來啦，伊織同學。」

遲了一些才從浴室走出來的優子一邊擦拭頭髮一邊打招呼。

「喔～～我回來了。」

栞奈的視線從還在聊天的優子與伊織身上別開，踏上樓梯，準備回自己的房間。這時，手上拿著易開罐啤酒的老師千石千尋正好從飯廳走出來。

「妳的個性還真麻煩耶。」

「什麼意思？」

「不可愛的女孩子，人生就只有吃虧的份。妳要小心啊。」

千尋只說完這些話便回到管理人室。房門關上時，栞奈也決定回到自己在二樓的房間。最靠近樓梯的房間。眼前的２０１號室就是栞奈的房間；隔壁２０２號室是優子的房間；２０３號室則是空房。

栞奈進房裡，趴到床上，雙手抱著枕頭把臉埋進去。

「要去哪裡才能學到怎麼可愛啊……」

至今從來沒有人教過栞奈。

「可以的話，我也想變成可愛的女孩子啊……」

栞奈的喃喃自語只是空虛地被吸進房裡。

3

剛發表了期末考日程的六月底。漫長的梅雨季結束，晴空的夏日太陽把人曬得發燙。

即使到了傍晚，暑氣仍絲毫未減，栞奈以憂鬱的情緒度過了這一整天。不舒服的天氣，讓人稍微動一下就會流汗。栞奈雖然討厭雨天，但也不喜歡晴朗的天氣。

「唉……」

在放學回家的路上，栞奈發出了不高興的嘆息。然而這不是夏季太陽導致，也不是因為悶熱潮濕的空氣，有其他事情更讓她從今天一早就感到很在意。栞奈自己也注意到了原因，更大大增加了焦躁不耐。

「為什麼不跟我聯絡啊。」

前往商店街的途中，栞奈受不了而忍不住罵了起來。很遺憾，矛頭該指向的人物並不在旁邊。現在栞奈是一個人，而她所說的對象今天也沒上學。

伊織去參加了全日本大賽的第一次預賽。

栞奈看了手機確認時間。下午四點。

應該已經是演奏結束、結果出爐的時刻。然而，卻連一通簡訊也沒寄來。這正是栞奈感到焦躁不耐的理由。

她沉默不語地盯著手機，背光消失後變成一片黑的螢幕上映出自己板著一張臉的表情。

「……竟然這麼在意，簡直跟笨蛋沒兩樣。」

她如此說完，恢復了冷靜。

正好在停下腳步等紅綠燈時，手機收到了簡訊。

她的身體抖了一下。

要按下確定鍵的手指微微顫抖著。

——妳不覺得擊掌跟襲胸（註：兩者日文音近）只有一線之隔嗎？

原本以為一定是通知比賽結果，讀取之後卻是這種內容。寄件人當然是伊織。

緊接著又收到了一封。

——我當然肯定是襲胸派囉！

栞奈先是打了「去死」，不過最後沒有寄出。她決定視而不見。

過了約十秒鐘，栞奈再度收到一封簡訊。

姑且看了一下內容。

——啊，順便說一下，我通過第一次預賽了。

看到這個的瞬間，栞奈全身一下子放鬆了，尖銳的情緒也從尖端漸漸變得圓滑。

鬆了一口氣。

栞奈只打了「恭喜」，然後思考了一下。

回信只寫這樣好嗎？總覺得有些無趣。相反的，一想到還有第二次預賽以及決賽，總覺得「恭喜」說得稍嫌太早。因為伊織的目標是在決賽入選。

栞奈刪掉後重新打字。這次打了「這樣啊，真是太好了」。

「……」

這樣莫名冷淡。栞奈思考著應該還有更適合這情況的回覆，不斷打了文字又刪除，刪除後又繼續打。

在這段期間，五分鐘、十分鐘不斷流逝。號誌燈由紅轉綠，再轉為紅燈，之後又變綠燈。

隨著時間一分一秒過去，栞奈開始覺得現在才回覆好像也沒什麼用。

正想著這件事的時候，這次則是手機鈴聲響了。

螢幕上顯示的名字是姬宮伊織。

栞奈一瞬間曾考慮不要接聽，不過總覺得這麼一來，自己好像就輸了。

她的手指伸向通話鍵。

「什麼事？」

『妳看到我傳的簡訊了嗎？』

「你想被告性騷擾嗎？」

『我通過第一次預賽了。』

「……」

突然為之語塞的栞奈沉默了。

『咦？電話斷掉了嗎？』

「……還在通話。」

『我說我通過第一次預賽了。』

「你要說這件事的話，我剛才已經在簡訊上看到了。你不用特意打電話來我也會知道。」

其實栞奈並不是想講這些話，然而一開口就變成這樣。

『只有這樣嗎？』

回應的是聽起來好像很遺憾的聲音。

「你希望我怎麼做？」

『當然是希望妳稱讚我啦。』

「不要講話像個小孩子。你不會覺得不好意思嗎？」

『不會啊。』

「期待你會有正常感覺的我，真是太愚蠢了。」

『我說啊～～一般吶～～對於付出的努力啊～～總是會希望得到喜歡的人給的讚美吧？』

「那是你自己個人感覺的問題吧。」

『沒有『為了慶祝而送上香吻』之類的？』

「沒有。」

『在臉頰上輕輕地親一下也可以啦～～』

「我不會做那種事。」

『至少說聲「恭喜」也可以吧？』

「如果是這樣，你就去喜歡會做這種事的可愛女孩子就好了。我還要買晚餐的食材，要掛電話了。」

栞奈不待回應便掛斷了電話。

「唉……」

又幹了這種事。栞奈立刻有滿滿的後悔之意湧上心頭。為什麼已經被誘導到那種程度了，卻連一句「恭喜」都說不出口呢？不坦率也該有個限度吧。

「怎麼了？為什麼嘆氣？」

這道聲音幾乎就從耳邊傳來。

「！」

栞奈驚訝之餘，慌張地轉過頭去。

「啊……」

一名女性就站在亮起紅燈的號誌燈前，肩上背著大型托特包，臉上帶著淡妝，到膝下的短褲配上白色的女用襯衫，裡頭則是看起來涼爽的藍白漸層背心。

「青山學姊。」

「好久不見了。」

七海微微舉起一隻手致意。

「長谷學妹也來買東西？」

「啊，是的。」

如果是直接從學校回櫻花莊，不會經過通往車站的這條路。

「我也要去商店街，可以跟妳一起嗎？」

「好的，當然沒問題。」

等待號誌變成綠燈，兩人邁開腳步。七海的腳邊發出「喀喀」富節奏感的聲音。她腳上穿著帶一點跟的涼鞋，比記憶中感覺更顯高䠷就是這個緣故。

臉龐看起來很成熟。在即將從水高畢業時乾脆剪短的頭髮，現在已經留長到肩膀的位置。

「啊，這個嗎？」

察覺到栞奈的視線，七海用手指著髮梢。

「看起來果然很奇怪嗎？」

「不會，因為學姊已經從水高畢業超過一年了，本來就是理所當然，只是因為感覺上很成熟，所以有點驚訝而已……」

栞奈無法順利地用言語表達心情，最後又加上了「對不起」。

「不會啦，謝謝妳。昨天睽違了三個月在學生餐廳遇到神田同學，他也說了同樣的話。」

大概是想起了當時的對話，七海露出了笑容。空太與七海現在都是就讀於水明藝術大學的大學生。

七海住的地方意外地離櫻花莊很近，是步行大約十分鐘的公寓。

從水高畢業之後，搬出櫻花莊的空太在大學附近租了一間舊房子，與同樣曾是櫻花莊住宿生的赤坂龍之介住在一起。以櫻花莊的位置來看，他們住的地點在隔著大學校地的另一頭。如果以栞奈的腳程來算，走路說不定需要三十分鐘左右。因此儘管住在同一個城鎮，卻幾乎不會偶然碰到面。

「空太學長過得好嗎？」

栞奈上一次跟他見面是三四個月前的事了吧。在與編輯討論小說後的回家路上，在車站偶然遇到。空太當時似乎是出門討論遊戲製作，結束後正要回家。

「好像從上個月開始做創立公司的準備，正忙得不可開交呢。就連在學生餐廳吃飯的時候，也一直翻著創業的相關書籍。」

「聽起來很辛苦呢。」

開公司到底是怎麼樣的一回事，栞奈完全沒有概念。栞奈既沒有開過，也不曾想過要開公司，即使在學校也完全沒在課堂上學過。

「不過，他看起來完全不覺得辛苦，非常有活力呢。」

「這樣啊。」

應該是能做想做的事所帶來的充實感使然吧。

「櫻花莊最近的狀況怎麼樣？」

「千尋老師還是老樣子，每天都在喝啤酒……神田同學則決定要念文藝學系了。」

「咦？這樣嗎？」

結果優子是因為「希望能跟琹奈在一起啊」這個理由而決定了志願。

「雖然還不知道能不能獲得直升推薦就是了。」

在與班導白山小春面談時，優子似乎獲得了「雖然不是很確定，但可能性很高」的認證。也許是因為每次期中、期末考，琹奈都會陪優子念書，所以她只有考試的分數很高。二年級的第三學期時，她的名字還險險擠進了走廊上貼的前五十名名次表，讓班上同學嚇了一跳。

「要是能念同一所大學就好了。」

「……是啊。」

對琹奈而言，優子可說是唯一的朋友。如同七海所說，要是能念同一所大學就好了。如果沒有了優子，琹奈又要變成孤零零一個人了。

「伊織學弟呢？過得還好吧？」

「……依然是個笨蛋。」

雖然琹奈自認有壓抑住，但口氣還是帶著刺。

「發生什麼事了嗎？」

七海一臉不解地問道。

「沒什麼。」

栞奈想著要表現得平常一點，態度卻變成像是在鬧彆扭。

「這樣啊。」

七海覺得有趣似的露出微笑。

兩人聊著聊著走到了目的地商店街，穿過入口的拱門。

「啊。」

稍微往前走後，七海像是察覺到什麼似的發出了聲音。

原因一目了然。因為栞奈的視線也被一名站在賣魚店鋪前的女性吸引……

雪白的肌膚；留到腰際的飄逸長髮；明明是清秀可人的站姿，卻不可思議地散發出強烈的存在感。

她原本也住在櫻花莊，是與七海同年級的椎名真白，現在與留學生麗塔·愛因茲渥司一起住在距離櫻花莊徒步約需五分鐘的公寓。

從水高畢業以後，真白沒有進大學，而是選擇專心工作。

她的職業是漫畫家，在月刊少女漫畫雜誌上連載作品。去年三月獲頒漫畫大賞，現在已經是背負起雜誌招牌的存在，上個月也發表了她的漫畫即將連續劇化的消息。

這樣的真白正用雙手提著購物籃，面無表情地看著擺在店面的魚。

有竹筴魚、沙丁魚和青花魚，也有大尾的鰹魚。

七海的腳步自然走向真白。

「真白。」

七海一邊出聲叫喚一邊來到真白身旁，栞奈則站在稍後方。

「啊，七海……還有栞奈。」

栞奈行禮致意打了招呼。

「買東西嗎？」

七海很自然地攀談。

「嗯。」

「妳要買什麼？」

「買魚。」

「哪種魚？」

「哪種比較好？」

儘管提出了問題，真白的眼神顯然正瞄準鰹魚。

「只有妳跟麗塔小姐兩個人的話，應該吃不完吧？」

「是啊。麗塔說過大的魚吃不完，所以不行。」

「是吧。」

看著眼前正常聊天的兩人，栞奈獨自緊張了起來。因為這兩人的關係有些複雜，不光是曾經一起住在櫻花莊的同年級生而已。她們倆都喜歡上優子的哥哥神田空太，並且在同一時期告白，也就是所謂的情敵，而且有過七海被甩，而真白與空太開始交往的這段過去。

在那之後，雖然真白跟空太因為彼此心意無法相通而分手了，但栞奈實在不認為當時的疙瘩已經完全消失。至少，如果栞奈是當事人，絕對會久久惦記著而難以忘懷吧……

「今天就買竹筴魚。」

「我也覺得這樣比較好。」

不管栞奈的擔心，兩人顯得泰然自若，看起來沒有在勉強，感覺很自然，絲毫沒有莫名的見外，是感情很好的朋友。

「……」

「怎麼了？」

大概是察覺到栞奈的視線，七海對她這麼問了。真白則走到店裡，正在結帳。

「不，沒什麼。」

「是我跟真白的事吧？」

「……是的。」

栞奈放棄掙扎，坦白回應。

「我剛開始也有一段時間會意識到很多事、會想很多而煩惱該怎麼跟她相處。」

七海露出溫柔的眼神，望著從錢包裡掏出錢的真白的背影。

「不過，該說是因為時間……吧？思考這些的次數逐漸變少，回想起這件事的間隔變長……之前曾隔了好幾個月在商店街碰到真白，結果發現自己感到懷念的心情已經變得比較強烈了。」

「懷念……」

栞奈不太能理解。

「反正我們不要緊。栞奈學妹不用在意。」

「青山學姊真是堅強呢。」

「才沒那回事呢。在神田同學面前，我還是會先做好心理準備。」

七海帶著自嘲的口吻笑了。

這時突然有個影子從她背後撲了上來。

「發現小七海～～！」

「呀啊啊啊啊！」

七海發出驚呼。伴隨著那道聲音撲到她背上的，是住在櫻花莊隔壁的人妻女大學生──三鷹美咲。

「唔！還有光屁股跟小真白！一定是祕密聚會吧！為什麼不找我！」

「總、總之，請妳趕快下來！」

被迫背著美咲的七海不斷反抗。

然而，這樣就會放手的話就不叫美咲了。她雙手牢牢地環繞在七海的脖子上，緊黏著不放，還趁亂摸了七海的胸部一把。

「啊！呃！學姊，不要摸我胸部！」

「唔！小七海，妳又長大了耶！」

「才沒有！」

「先不談這個。這是怎麼回事？怎麼回事！為什麼大家都聚在一起啦～～！」

「只是碰巧買東西的時間一樣而已，並不是聚會。」

栞奈代替看起來很痛苦的七海回應。

「光屁股！這就叫做命運喔！以紅線綁在一起喔！好，既然這樣，今天就來舉辦紀念的火鍋派對吧！就這麼辦！」

美咲嘴裡發出「咻噠」的音效，從七海的背上下來。七海已經奄奄一息。

「啊～～喂、喂，小麗塔嗎？」

美咲立刻俐落地用手機聯絡。

「今天！火鍋！My House！六點！ＯＫ～～？」

不知為何傳話是用單字。

「啊，大叔！這邊的魚全都給我吧！」

美咲的手機還壓在耳朵上就對著店裡大喊駭人聽聞的話。

「不用全部！」

復活的七海拚命介入阻止。

「啊，美咲。」

真白似乎現在才注意到。

「小真白，今天要吃火鍋！」

「我知道了。」

接著，她很乾脆地接受了。

「來，這個給妳，光屁股！」

「咦？啊，好的。」

茫然呆站著的栞奈被迫接下大尾鰤魚。

無法抵抗。面對外星人的猛烈攻擊，無力的地球人們只能任憑宰割……

在那之後過了兩個小時。

時間是下午六點半。

坐落在櫻花莊隔壁空地上的三鷹家，寬敞的飯廳聚集了六個女孩子與兩隻貓咪。美咲、真白、七海、麗塔、栞奈、優子……還有橘貓小翼和深咖啡虎斑貓小町。

六個女孩子圍著餐桌而坐，中央則有火鍋坐鎮，正咕嚕咕嚕地滾沸。腳邊的小翼與小町已經開始狼吞虎嚥。

「咦～～話說回來，小伊織呢？」

「他今天去參加比賽的第一次預賽……」

「通過了嗎！」

美咲拿長蔥指揮般揮舞著，打斷了栞奈的聲音。

「順利通過了。」

栞奈規矩地回答。

「那麼，今天就是『恭喜小伊織的火鍋派對』囉！」

「伊織不在。」

真白朝左右確認。

「比賽會場好像離他的老家很近，所以他說今天會回家住。」

「啊～～這樣啊～～那就沒辦法啦。」

「真可惜。」

「這樣不也很好嗎？今天就只有女孩子……我一直想試試看所謂女孩子的聚會。」

麗塔啪地拍了一下手，胸前海豚形狀的飾品發出閃亮的光芒。

「啊，妳想問這個嗎？」

留意到栞奈視線的麗塔，以漂亮的手指拿起銀色的海豚讓大家看。

「妳問得很好。」

明明什麼都還沒開口問，麗塔卻看似心情很好地繼續話題。

「上個月我生日的時候跟龍之介去水族館約會，這是他送我的禮物。」

她的笑容閃閃發亮。

「咦～～好羨慕喔～～優子也要叫哥哥在我生日的時候買東西送我！」

優子嚼著塞了滿嘴的火鍋配料。

「小麗塔，跟DRAGON交往很順利呢～～」

「是的，我們感情很好。」

「好像跟之前我在學生餐廳聽赤坂同學說的內容不太一樣……他說妳說這是最後的請求，然後就被妳硬拖去了耶？還被妳威脅『如果不買禮物給我，就要在這裡抱你』……」

「因為龍之介很害羞嘛。」

「那個……兩位正在交往嗎？」

如果不先弄清楚這一點會很難加入話題，好像會說錯話。

「龍之介始終不肯點頭答應，讓我很困擾。」

剛才的開朗表情像是假的一樣，麗塔變得很沮喪，露出平常不太會有的表情。

「真羨慕美咲呢，連姓都改了。」

麗塔性感地嘆了口氣。

「嗯～～不過不能每天見面的話，還是會覺得很寂寞喔。」

相對於消極的發言，美咲的表情與口氣沒有一絲陰霾，像太陽般閃閃發亮。栞奈認為這是洋溢著幸福才會有的表情。

「小七海，最近怎麼樣？」

「咦！我嗎？」

七海似乎完全大意了，正專注地用湯勺撈著火鍋裡的東西。碗裡裝的都是Malony粉條。

「都沒有桃花嗎？」

麗塔緊接著追問。

「沒有、沒有。」

七海揮了揮手，斬釘截鐵地否認。

「咦～～太無趣了！」

美咲說出這很像男孩子會有的感想。

「無趣也無所謂。我現在大學跟訓練班兩頭跑，也沒那個閒功夫。」

「那麼，真白妹呢？已經找到新戀情了嗎？」

優子把身子探了出來。

「我……」

「嗯、嗯。」

「我在畫漫畫。」

蹦出了跟原本話題牛頭不對馬嘴的發言。

「我不是在問這個！」

「我在畫漫畫。」

「我都說了不是問這個啦！」

「我在畫漫畫。」

「不愧是真白姊，簡直就是漫畫家的典範……啊，請幫我在這上面簽名！」

放棄對話的優子從背後拿出色紙，交給真白。絲毫沒有抱怨地收下的真白，流暢地寫下羅馬拼音的簽名。

「也請幫我在上面畫畫。」

對於優子厚臉皮的要求，真白也只是點點頭。就連她想要哪個角色、希望呈現什麼表情等瑣碎的要求也都回應。由真白的手指描繪出來的世界，不管怎麼看都很棒。不用思考、沒有猶豫與停頓，很快的，畫已經完成。

「栞奈呢？」

突然被麗塔出聲點名，栞奈的肩膀抖了一下。正對真白的畫看得出神，突然被喚回了現實。

「我並沒有……」

「跟伊織有進展嗎？」

「為什麼這時候會出現那個笨蛋的名字啊？」

栞奈應該是冷靜地回應了，但麗塔、七海、美咲，就連真白也先是看著栞奈，接著面面相覷，現場飄盪著「真是沒辦法」的氣氛。栞奈不太喜歡這樣，氣氛變得有點尷尬。

「是啊，因為伊織有點……應該說他是個徹底的笨蛋啊。」

麗塔露出壞心眼的笑容說出這樣的話。總覺得坐立難安，那絕對是在打什麼主意的表情。

「就是說啊。」

栞奈提起戒心並輕輕點頭。不能被麗塔輕易玩弄於股掌之間。

「怎麼可能會想跟他交往嘛。」

「……」

「老是對女生的胸部興致勃勃。」

美咲與七海也點頭贊同；真白只是一直盯著栞奈。然而，這更讓栞奈心生動搖。眼睛一對上那透明的雙眸，就覺得彷彿一切都被看透了。

「如果他不變成熟一點，跟他在一起會覺得很丟臉耶。」

麗塔以叮嚀般的語氣說了。這明顯是挑釁，看得出來她在引誘栞奈。

「應該有更配得上栞奈的男孩子吧。真是對不起。」

這是陷阱。絕對是。栞奈明知道這一點，但聽到伊織受到批評便忍不住了。

「他其實……」

栞奈低著頭小聲嘀咕。

「什麼？」

麗塔一臉裝傻的表情。關於玩弄人於股掌間，她顯然是箇中高手。栞奈完全不是她的對手。

「他其實並沒有那麼不成熟。」

情緒一旦說出口就再也停不下來。

「他……有很認真地在思考未來的事。就連志願也是，他很早就決定要在媒體學系專攻配樂，也一直持續跟空太學長還有赤坂學長製作遊戲。雖然現在以比賽的練習為優先，暫時不到學校上課，但還是經常到學長家去製作遊戲。因為他是那種個性，那個……所以很容易被誤解。但是，該思考的事他都有認真考慮……比起同年級的其他男孩子，他已經很成熟了。」

栞奈說完後抬起頭來，只見麗塔與美咲賊兮兮地竊笑。七海也像是忍不住，露出了笑容。真白則仍只是凝視著栞奈。

「這些我們都知道喔，光屁股。」

「是啊。」

麗塔表示同意。

「畢竟他之前那樣嚴重骨折，還能重新振作起來。」

七海接著如此說道，真白深深點了頭。

「被這樣的伊織喜歡了這麼久，為什麼栞奈妳不跟他交往呢？」

「那是因為……」

「我覺得你們很適合。」

「才沒那回事……」

聽了七海說的話，栞奈的身體抖了一下。

她反射性說出否定的話。

「他絕對比較適合更開朗坦率的女孩子。」

栞奈說完才驚覺，言下之意就是自己的個性不適合。然而，現在才注意到這點已經太遲了。

「反、反正，我不行就是了！」

為了逃避集中在自己身上的視線而說出口的話，正是自己想要隱藏的真心話。

「……」

一瞬間陷入了沉默。

接著又馬上開口的人是真白。

「栞奈喜歡伊織呢。」

她投出了從柔弱外表難以想像的赤裸裸的猛烈高速球。

「才、才沒有！」

栞奈慌張地否定。

「不過，從剛才的對話聽起來，不跟他交往的理由只在栞奈妳自己身上吧？似乎不是對伊織有所不滿。」

「那、那是……」

「栞奈妳跟他交往不就好了嗎？」

優子說了極為正確的話。

「不行……」

栞奈搖搖頭如此回答。

「為什麼？」

「因、因為……我甩了他好幾次，還說討厭他……事到如今，沒辦法說喜、喜歡他……」

簡直就像小孩子的說詞。

栞奈受到來自所有人的砲火集中攻擊，連一丁點的從容都沒有了，甚至還喪失了修正發言的冷靜。

「這、這個話題請就此打住。」

光要說出這句話就已經竭盡全力。

「既然這樣，我來教妳一句壓箱底的話。」

麗塔從椅子上起身，特意移動到栞奈身邊，露出滿臉笑容把臉湊近。接著，她對栞奈耳語了某句話。

4

——如果你能在全日本鋼琴大賽中得獎，我就跟你交往。

這就是麗塔教栞奈的壓箱底的一句話。

比起直接傳達心意，這確實比較容易說出口。

「拗不過伊織的心意而無可奈何……藉由製造出這樣的氛圍，也能掌握之後的主導權，是一石二鳥之計。」

就麗塔所言，據說還有這樣的效果。

不過，這番話似乎有點太跩了。

該不會被伊織覺得個性很差而被他討厭吧。

這樣的擔心掠過腦海。

況且，如果是亮麗的美人胚子麗塔說出口，相對地非常適合，但栞奈實在不覺得這句話和樸素的自己相襯。

話雖如此，只是原地踏步的話終究無法前進。

隔週星期一的早晨，栞奈在上學前來到盥洗室的鏡子前面，決定先練習看看。

「能得獎的話……就、就跟你交往……」

結果敗給了難為情，無法直視鏡子到最後一刻。

「這實在太勉強了……」

栞奈斜眼瞥見自己已經滿臉通紅，連耳朵跟脖子也都紅了。

「什麼東西太勉強？」

「呀啊！」

伊織就站在盥洗室入口，「呼啊～～」地打了個大呵欠。

「你、你聽到了嗎？」

「啥？雖然搞不太清楚，不過我有聽到『太勉強了』那一段。」

「你聽到的是那一段？」

「是啊，怎麼了？」

「真的？」

「……妳該不會一大早就說了什麼很不得了的話吧！」

「我沒說。」

放心的栞奈想輕輕踩一下伊織的腳……不過又擔心會影響鋼琴演奏，便什麼也沒做就走過他身邊，離開盥洗室。

她就這樣踩著腳步，拿起放在玄關的書包，決定出門上學去。

在上學途中，栞奈努力讓自己什麼也不想地走著。光是想起在火鍋派對或盥洗室所發生的事，幾乎就要變得面紅耳赤。

為避免周遭起疑，栞奈努力假裝平靜。

約十分鐘路程的通學路。走下緩坡，經過便利商店前，斜眼看了兒童公園。穿過馬路，繼續往前走，就與從車站方向過來的學生們匯流。前方已經是校門了。

與其他學生們一樣，栞奈也筆直走向校舍出入口。

一如往常的早晨，因此沒有任何心理準備。

怪異的事發生在打開鞋櫃的時候。

「……」

一瞬間，栞奈還沒能明白發生了什麼事。

應該在的室內鞋不見了──栞奈只理解了這項事實。

她眨了幾次眼。

同時想起了最近老是在學校裡感覺到有不愉快的視線，曾經也想像過或許有一天會碰到像這樣的事。

儘管如此，栞奈還是懷疑自己是不是開錯了鞋櫃。話雖如此，第一學期也即將結束的這個時候，不可能會犯下這種錯。

這的確是栞奈從四月開始用到現在的鞋櫃。

「……」

栞奈感覺到視線，看向走廊的方向。從出入口進來後立刻會看到的大柱子後面，有一小群女學生集團。二年級生。栞奈之所以有印象，是因為以前曾經看過好幾次她們與向伊織告白的日吉美佳子在一起。不過倒是沒看到美佳子的身影。

「是這麼一回事啊……」

大概是自稱朋友的同班同學們，為了被伊織甩掉的美佳子所做的事吧。像是「被甩了好可憐」或「常跟姬宮學長在一起的那個無趣女人算什麼啊」、「看了就煩」，還是「讓人火大」等……

在女孩們的朋友關係裡，屬於最麻煩的類型。

而且當事人把友情當武器，以為自己在做正當的事，所以行徑就更惡劣了。

一察覺到栞奈的視線，二年級生們就一副什麼事也沒發生的樣子離開了現場。嘻嘻笑聲逐漸遠去。

一直呆站著也不是辦法，栞奈便把脫下的鞋子放入鞋櫃。

這時，後面傳來了聲音。

「怎麼了？」

從身後探頭過來的人是伊織。栞奈明明比較早走出櫻花莊，卻似乎被追上了。

栞奈不想被他看到鞋櫃裡面，便慌張地關上鞋櫃，發出了巨大聲響。

「嗚喔！嚇我一跳……我說了什麼不該說的話嗎？」

看來他似乎是誤以為栞奈生氣了。

「沒有。」

「看起來不像沒有。」

伊織的視線不知何時已經盯著栞奈的腳。

「沒想到妳也會忘記帶東西啊。」

「當然吧。」

「喔～～」

從表情無法判斷他是相信了或不相信。

「那麼，這種時候就該是我要背妳了。」

伊織在栞奈面前蹲了下來。

「你在開什麼玩笑？」

「不然襪子會弄髒吧。」

「洗一洗就好了。」

栞奈從伊織身邊走過。

「搞什麼啊～～難得有可以合法地緊貼在一起的機會……」

本以為他在開玩笑，看起來似乎是認真的。伊織沮喪地垂著肩膀，跟了上去。

來到設置於出入口旁的訪客用入口，琹奈借了拖鞋。

「欸。」

「幹嘛啊？」

「如果是用抱的，妳就會願意嗎？」

「……」

現在琹奈整個人覺得很煩。她完全無視伊織的存在走向教室。伊織的腳步聲立刻跟在旁邊。

「所以，幹這種事的果然就是剛剛的二年級生嗎？」

「！」

琹奈沒想到伊織會發現，隱藏不住驚愕。

「你在說什麼？」

儘管如此，她還是繼續敷衍過去。

鋼琴大賽第二次預賽就在眼前，琹奈不希望伊織有不必要的猜忌。不，這是謊言，跟真心話有點出入。琹奈不想讓伊織知道自己遭受到這樣的對待，不然會覺得自己很悲慘……

「當然是把室內鞋藏起來的犯人啦。」

伊織讓人無可逃避地直截了當點明。

「我不懂你在說什麼。」

「我說喔，就連我也知道啦。從遠處觀察別人，然後發出令人厭惡的笑聲的那種人，走到哪裡都會有啊。」

「音樂科還真是嗜殺啊。」

儘管知道沒有用，栞奈還是試圖岔開話題，做出最後的抵抗。

「沒有喔～～那些人才沒有閒工夫說別人的壞話呢。光是自己的事都快忙不過來了，在意周遭的傢伙會先被淘汰。」

伊織用開朗口吻說得彷彿事不關己。

「你也是其中一個吧。」

伊織沒有對這句話做出反應，繼續說自己的事：

「我一直到國中為止，念的都是普通學校。因為老是在練琴，所以不只是班上，簡直就是完全跟學校格格不入，很多東西常常會莫名其妙不見。」

應該是伊織的同學們對他感到害怕吧。因為已經擁有音樂這個絕對存在的伊織，與他們過著不同的生活……

放學後為了練琴都直接回家，體育課也因為不能讓手指受傷，所以只能在旁邊看。伊織之前也曾感嘆過，因為與比賽日程重疊，所以沒能去參加教育旅行。

國中的同學們大概是想藉由攻擊跟一般人不一樣的伊織，從隱約的不安中獲得解放吧。原本應該是必須面對的現實，卻把視線別開了，因為距離未來比較近的人絕對是伊織……

「讓人厭惡的回憶……虧你還能笑著說出口啊。」

「嗯～～雖然不是什麼愉快的記憶～～不過大概是因為我跟姊姊比起來，已經算好的了。」

「是這樣嗎？」

栞奈有點意外。她也曾見過與美咲和仁同年級的伊織姊姊……姬宮沙織。沙織從留學地點奧地利暫時回國的時候，經由伊織介紹而認識了。

沙織是個看起來比實際年齡成熟的美人胚子。栞奈還記得沙織乍看之下很冷靜，一聊到男朋友的話題，就會紅著臉顯露出慌張。

「因為女孩子在這方面不是會更殘忍嗎？」

好像可以理解他想說什麼了。

「我記得好像是剛進國中沒多久，姊姊就開始一直戴著耳機。應該就是那麼回事吧？」

而弟弟伊織也是幾乎一天二十四小時都把耳機戴在頭上，不戴的時候還比較少見。

「不過，念水高之後好像就改變了。我還記得她暑假回老家的時候，笑著說『一山還有一山高』……那大概是指美咲學姊吧。」

「應該是吧。」

「不對，我姊姊的事不重要。」

「明明是你開始這個話題的吧。」

「之前第一次預賽時也有那種人喔。那種在背地裡說厲害傢伙的壞話的人。」

「……」

「剛才的二年級生她們的身上就有那種討厭的感覺。」

就在來到二樓的樓梯上，伊織停下了腳步。

三年級的教室還要再往上一層樓。

然而，伊織的腳步卻要往二樓的走廊移動。

「等一下，你要去哪裡？」

就算不問也知道他要去哪裡。但是，栞奈沒辦法不開口問。

「不要這樣。」

她狠狠地瞪著伊織。

「為什麼？」

伊織看似不滿。

「如果你在這裡出面，知道會演變成什麼樣的結果嗎？」

「我的好感度會上昇。」

伊織得意似的露出了笑容。

「會降到負數啦。」

「咦！為什麼！」

「現在要是讓你替我出氣，只會加深她們的反感，對我的惡作劇就會更加激烈。」

「咦？為什麼是這樣？一般應該是我被討厭才對吧？」

這是男孩子的理論。

「女孩子就是這樣的生物啦。」

「好恐怖！」

「所以，別這樣。」

「不然，到底該怎麼做啊？就這樣放任她們嗎？」

「不要理會，她們遲早會膩吧。」

「這樣就好嗎？我可不想就這樣喔。」

「不是好不好的問題，這就是最好的方法。」

「可是……」

「沒有什麼可是不可是。」

栞奈以強調的口氣打斷仍不服氣的伊織。

「知道了嗎？你什麼都不要做喔。」

再次叮嚀。

「……」

伊織沒有點頭，一臉嘔氣的表情。

「你要是做了什麼，我就再也不跟你說話了。」

「……」

「知道了嗎？」

「……我知道了。」

伊織心不甘情不願地點頭，露出一臉一點也不認同、小孩子鬧彆扭的表情。

班會開始前的教室裡，栞奈被同班的女孩子們問了好多次。

「咦？長谷同學，妳的室內鞋呢？」

「嗯，我忘了帶來。」

「這樣啊。真是難得耶。」

像這樣的對話重複了與「早安」的招呼聲相當的次數。

這樣沒有意義的時間，一直持續到優子在距離遲到千鈞一髮之際到校時。

教室的窗戶邊。栞奈坐在第一個位置，後面則是優子。

「妳真是太過分了，栞奈。為什麼不叫我起床～～！」

似乎是用跑的來學校，優子上氣不接下氣，一到座位就抱著桌子，趴在上面。

「我還是解釋一下，我不但叫了妳，還拉了妳的被單，也搖了妳的肩膀，甚至輕拍了妳的臉頰。就算這樣，不但沒有起床，甚至還說了『我要睡到明天～～』之後繼續睡覺的人可是神田同學妳喔。」

「是這樣嗎？」

「不過妳應該還沒清醒，所以不記得了吧。」

「對不起，栞奈。」

「倒是不用道歉啦。」

「明天我會努力在被打臉的階段就趕快起床！」

雖然她以充滿決心的眼神如此宣言，但拍臉頰已經算是最後手段了。

栞奈的視線不經意停留在優子的腳上。不知為何，她跟栞奈一樣穿著訪客拖鞋。

「妳的室內鞋呢？」

栞奈向優子提出已經被同班同學問到煩的疑問。

「原本想趁週末洗一下，所以帶回家了……」

「就忘記帶來了啊。」

「不是。」

「不是嗎？」

「我是忘了洗啦。」

聽她這麼一說才想起來，似乎曾在盥洗室一角看過室內鞋袋。是看起來很像從小學時期就一直使用至今的粉紅色袋子，名牌上應該也仔細用拼音寫了「神田優子」。

「根據優子的推理，週末不是在美咲姊家吃火鍋嗎？後來也順便借用了浴室之後才回家，所以才會忘記洗吧。」

「說的也是。應該是這樣吧。」

「咦？栞奈也忘了嗎？」

優子的視線投向栞奈的腳上。

「太棒了，我們一樣呢！」

雖然不明白有什麼值得高興的，但優子露出了滿臉笑容。多虧如此，栞奈鬱悶的心情獲得了很大的紓解。

「是啊。」

真的有得到救贖的感覺。

開始上課之後，栞奈趁著寫筆記的空檔思考消失的室內鞋。

首先是，明天該怎麼辦？

連續兩天都穿訪客拖鞋的話，未免太醒目了。

或者等一下到福利社去買。不過在這種情況下，就需要在這時期還要買新室內鞋的理由。由於不能說出事實，就會演變成要說謊。因為並沒有欺騙了誰，倒也不會有罪惡感，但說不定同班同學會覺得很可疑。栞奈想盡可能閃避別人的追問。

況且就算買了，也會有再度消失的可能性。

要是新鞋不見似乎會讓人難以忍受。

這麼一來，就只剩找出消失的室內鞋一途，不過這又實在蠢到讓人不想做。完全一籌莫展。

「吶，栞奈。」

伴隨著細微耳語聲，栞奈的背後被輕戳了一下。

趁著老師用粉筆在黑板上寫字的空檔，栞奈默默地回過頭去，以目光詢問「什麼事」。

優子手指向窗外。

栞奈心想著是什麼事而將視線移過去，立刻就明白了優子想說的話。

明明還在上課，伊織卻在校舍外走動，像在找什麼東西似的窺探樹叢後方。

「……那個笨蛋。」

栞奈在桌子底下打開手機，避開老師的視線迅速打了簡訊。

——我不是叫你「不要多事」嗎？

似乎發現手機收到簡訊，伊織正在確認手機。

——嗚哇！為什麼會被妳發現？

——太明顯了。

抬起頭的伊織「啊」地痴呆張著嘴。

——對不起。

——你還記得我說的話吧？

今天早上才對他說了，如果多管閒事就再也不跟他說話。

——真的很對不起！

栞奈收到了還附上下跪道歉符號的簡訊。

栞奈毫不客氣地把手機收起來，注意力回到黑板上。雖然手機還頻繁發出收到簡訊的提醒音，但栞奈決定專心上課，不再看向窗外。

並不是擔心會因為伊織的行動而有更大的災難降臨在自己身上，只是難以忍受看到伊織因為自己而做出難看的行徑。

其實在知道他正在為自己尋找室內鞋的那一瞬間，胸口一陣溫熱的感動……然而，對於這份感情，栞奈並沒有坦率接受。

中午休息時間，栞奈來到走廊上打算去買飲料。目標自動販賣機位於樓梯旁邊，一出教室就會到的地方。

然而一看到走下樓梯的伊織背影，栞奈就在教室門口停下腳步，轉而朝其他販賣機走去。

栞奈無可奈何，來到了位於一樓福利社附近的自動販賣機，但她也沒辦法靠近。因為她在旁邊等著買麵包的隊伍當中，看到了那一群二年級生集團。現在日吉美佳子也在其中，加上今天早上的四個人，一共五個人。

栞奈身體抖了一下，腳步乍然停頓下來。這時她與其中一個人視線對上了，接著其他四人也許注意到了，似乎也看了栞奈一眼。聽不到聲音，唯獨笑聲鮮明地殘留在耳裡。那是令人不快的雜音。

栞奈什麼也沒買便折回原來的路上，快步離開，想盡可能趕快離開那群二年級生的視野。

栞奈選擇人少的地方，總之先離開了福利社。

這時，她自己發出的「啪噠啪噠」腳步聲聽來顯得格外清楚。胸口糾結得幾乎要窒息。

沒有憤怒或焦躁，只有覺得窩囊的悲慘情緒……只是單純覺得悲傷而已。

什麼也沒想地在校園內走著，來到位於別館的音樂教室。

整齊並排的桌椅，坐鎮在正面的平台鋼琴散發出富厚重感的黑色光芒。

地毯消去穿著拖鞋的腳步聲，讓人覺得非常安心。

也許是因為有隔音設備，就連午休的喧鬧聲都聽不見了。

走到教室的最後方，背倚著牆壁蹲坐下來。

身體一下子失去了力量。這時，眼淚突然奪眶而出，自己也覺得莫名其妙，即使想要停也停不下來。

試圖停止哭泣的栞奈耳裡傳來噗滋的聲音。似乎是喇叭的電源開啟了。

是校內廣播嗎？

栞奈才正這麼想，就聽到了這樣的聲音。

『那個，這樣就可以了嗎？』

『可以了吧？』

『應該沒問題。』

是三名男學生的聲音。

栞奈有聽過第一個人的聲音。是伊織。剩下的兩個人，大概是與伊織交情要好的音樂科三年級生，春日部翔以及武里直哉。

伊織到底打算做什麼？光是聽到剛才簡短的對話，也想像得到這不是正規的廣播。而且還是在這個時機點，栞奈不覺得跟自己完全無關。

她抬起頭注視著喇叭。

『呃，是我啦。』

接著像講電話般開始聊了起來。

伊織很罕見地聲音裡帶著緊張。但栞奈比伊織更緊張，全身僵硬顫抖著。

『你說是我，指的是誰啊？』

友人間不容髮地吐槽了。

『不就是伊織嗎？』

另一位友人回答。

『等一下，你們先閉嘴啦……啊、呃，因為妳都不回信又不接我的電話，要是去教室找妳，妳大概會一臉嫌惡的表情，所以我就在這裡說了。』

率先浮現在腦海裡的是室內鞋的事……伊織大概是想說無法認同就這樣忍氣吞聲吧。

然而，接下來伊織的話卻是遠超乎栞奈想像的內容。

『我如果在全日本大賽得獎，就會再次向妳告白。』

「！」

對於完全出奇不意的攻擊，栞奈腦內一片空白。

『伊織，你到底是在跟誰說話啊？』

友人調侃似的插話了。

『當然是長谷栞奈……同學。』

伊織老實過頭地說出了名字。

短暫的沉默。

一片鴉雀無聲。

充滿了寂靜。

『呃，你這已經是在告白了啦。』

間隔了恰到好處的空檔，喇叭傳來極為正確的指摘。

下一個瞬間，校內揚起了沸騰的喧鬧聲。笑聲形成洶湧的波浪，甚至傳到了栞奈所在的音樂教室。

『喂，你們幾個，不准擅自使用廣播室！』

低沉的大人嗓音。看來似乎是老師來了。喇叭傳出兵荒馬亂的動靜。

『你們給我到教職員室來一趟！』

同時也聽到了被帶走的伊織等三人的慘叫聲。

『我是認真的！』

大概是伊織在離開麥克風時大叫的聲音，之後便結束了突如其來的校內廣播。

「唉……」

嘆息聲在音樂教室裡渲染開來。

「多虧你，害我不能回教室了……」

原本今天就不太想上課。對於有了蹺課的藉口，栞奈覺得有些開心。

「真是個笨蛋……」

一直等到告知下午課程開始的鐘聲響起後，栞奈來到保健室。

「對不起，我身體不太舒服。」

栞奈低著頭如此說著。

「這確實很教人難為情呢。」

保健室醫生蓮田小夜子認同了蹺課，笑著說道。

栞奈離開保健室時，已經是放學前的導師時間結束後，又過了一個小時以上的事。眼看時間即將來到下午五點。

雖然還有留下來參加社團活動的學生，但這個時間的校舍已經是空蕩蕩。栞奈在空無一人的走廊上移動，從空無一人的教室拿了書包，接著沒有遇到任何人就來到了鞋櫃前。

「……」

碰觸櫃門的手指顫抖著。要是連鞋子都不見該怎麼辦——腦海裡閃過不好的想像。

栞奈帶著祈禱般的心情，慢慢打開鞋櫃。

「……」

結果，眼前卻是與想像不同的光景。分隔成兩層的鞋櫃上層，裡面放著原本應該已經消失的室內鞋。那的的確確是栞奈的室內鞋，上面沒有刺著圖釘，也沒有被顏料塗鴉。

想得到的可能性只有一個。就是午休時間伊織的校內廣播。也許並沒有因為聽了那個而覺得自己做錯了事，一定是開始覺得自己做的事很愚蠢。只是這樣而已……

栞奈將拖鞋還回訪客的拖鞋箱裡，換了鞋子，走向出入口。

在同一個時間點，有人從旁邊的出口走了過來。是伊織，手上還拿著書包跟翻開的樂譜。

察覺到動靜的伊織轉向栞奈。

「呃！」

伊織一看到栞奈的臉，表情就變僵了，像是惡作劇被揭穿的小孩子。

「……」

「呃～～妳在生氣嗎？」

「因為某人的緣故，害我下午都不敢去上課了。」

「對不起。」

「從明天起，我要拿什麼臉來學校啊。」

「真的很對不起。」

「唉……」

「對、對不起啦。」

「……」

栞奈無言地瞪著他。

「拜託妳，原諒我！」

伊織雙手在面前合掌懇求。

「……比賽。」

栞奈微微別開視線。

「咦？」

伊織低著頭偷看栞奈。視線隱約對上了。

「如果你能得獎，我就跟你交往。」

「……咦？」

「……」

「咦？咦？真的假的！真的是真的嗎！」

如果發出聲音可能會破音，因此栞奈只是低下頭似的點了頭。

接著，她仍低著頭，逃也似的跑走了。沒有繼續待在那裡的勇氣，沒辦法正視伊織的臉。

「太棒了～～！呀喝～～！耶～～！」

背後傳來伊織爆發喜悅的聲音。

5

接下來一直到第一學期結束前的每一天，都與栞奈所期望的平穩日子相去甚遠。由於伊織的校內廣播，使她開始受到全校學生的矚目。

專心於準備第二次預賽練習的伊織絲毫不以為意的樣子，但栞奈沒辦法這麼粗神經。

那之後隔天以來，她便成了傳聞的話題中心，精神疲累得不得了。

「長谷同學，妳要跟他交往吧？」

「該不會其實已經回應他了？」

「姬宮同學果然喜歡妳耶。光看就知道了啊。」

「吶、吶，說實在的，妳覺得姬宮同學怎麼樣？」

「加油喔。」

幾乎每天都會像這樣遭受班上女同學的問題攻勢，還會收到謎樣的支持。

「我還沒被告白啦。」

雖然她如此說著努力試圖消弭這些疑問……

「又來了～」

卻會像這樣，周圍只是一陣竊笑，沒有人願意放過她。

女孩子為什麼這麼喜歡戀愛的話題呢……

期末考開始時，栞奈周遭總算恢復了平靜。但考試一結束，接著馬上就是全日本比賽的第二次預賽。當然，大家的興趣就會大大轉向伊織。為了參加決賽，首先必須突破第二次預賽。

可以的話，真希望大家不要去吵他。現在對伊織而言正是重要的時期……

栞奈認為既然如此，還不如自己受到矚目要來得好一些。

一想到要是因為周遭的喧鬧，導致伊織無法專注在比賽上，心始終靜不下來。

然而，栞奈的擔心是多餘的，伊織對這些反應完全不以為意。證據就是，他已經順利通過了在海之日（註：七月的第三個星期一）舉辦的第二次預賽。

「我通過了～」

本人看起來一派輕鬆。

因為他原本就擁有參加決賽的實力，也許並不值得驚訝。

儘管如此，跨越了開放性骨折的嚴重傷害，再次站上比賽的舞台，應該需要堅強的覺悟以及持續每天不間斷練習的努力。

這並不是誰都辦得到的事。

伊織通過第二次預賽當晚，栞奈始終難以入眠。

爬進被窩裡已經過了兩個小時。

在經過了不知道第幾次的翻身之後，栞奈猛然起身。既然睡不著，那就別睡了。

反正已經放暑假了，不用上學。就算一直睡到中午，也不會造成別人的麻煩。

在決定起床的時候，栞奈的肚子發出咕嚕的聲音。

她為了填肚子，走出了房間。

下到一樓，走進飯廳，已經有人在那裡了。

「喔。」

正打開冰箱物色的人是伊織，旁邊則是把放在地上的坐墊當床、蜷著身子睡成球狀的兩隻貓咪，名字是青葉跟朝日。

「總覺得肚子很餓。」

大概是找不到像樣的東西，伊織還不願離開冰箱。

「如果要吃鬆餅，倒是還有材料。」

只要把雞蛋與牛奶加入鬆餅粉裡，攪拌後再煎烤，就可以做得很美味。

「喔，好像不錯呢。」

伊織從冰箱裡拿出雞蛋與牛奶，再把手伸向廚房的櫃子，拿出放在盒子裡的鬆餅粉。

「給我，我來做。」

琹奈從伊織手上搶走鬆餅粉，把平底鍋放在瓦斯爐上，準備好攪拌碗。

「妳打算下毒嗎？」

「我才不會那麼做。」

「不然今天到底是吹什麼風？」

「要是你燙到了，我會覺得很麻煩。」

「我在妳心裡到底有多不中用啊？」

「保險起見。」

琹奈小聲回答。

她從來不覺得伊織手拙。老實說，他的雙手甚至比栞奈自己還要靈巧，就連做料理也比栞奈擅長。

「反正你坐著等就是了。」

「好～～」

伊織做出像小學生的回應後，在餐桌前就坐，還備妥了刀叉，滿心期待地等著。

過了大約十分鐘，栞奈將完成的鬆餅疊了兩層，端到伊織面前。

與他隔了一個座位，栞奈也在椅子上坐下。

「嗯，真好吃耶。」

伊織津津有味地狼吞虎嚥，很快就已經吃掉一塊。

「我說啊。」

「什麼事？」

「決賽，妳會過來嗎？」

「……」

「日期是八月十日……妳另外有事嗎？」

「是沒什麼事，不過……」

「不過？」

「說不定會回老家……」

其實栞奈壓根沒這樣的打算，不太想回去有母親的再婚對象，也就是新父親在的家中。再加上母親懷孕了，再過幾個月就會有年紀差很多的弟弟或妹妹誕生，不可能會有栞奈的容身之處。

「嗯，畢竟是暑假嘛。那麼，我知道了。如果妳心血來潮，就來看看吧。」

「……嗯。」

栞奈含糊地回答後站起身。

「餐具放著就好。我明天再洗。」

「這點事我自己能做。」

「在比賽的決賽之前，你至少也該小心一點。」

栞奈的視線自然落到了伊織修長的手指上，口氣也變得有些嚴厲。

「妳果然還是很在意啊。」

這句話完全出乎意料。

「！」

栞奈的驚訝就寫在臉上。

「對於我手臂骨折的事。」

栞奈感覺胸口深處彷彿被緊緊揪住，身體無法動彈，唯獨心跳不斷加速。

「……」

必須要說點什麼；必須否定伊織說的。然而，栞奈完全說不出話來。

「我已經完全不要緊了。」

「……」

「所以，希望妳決賽能來。」

伊織將最後一塊鬆餅切塊送進嘴裡，說完「我吃飽了」後便走出飯廳。

只剩下栞奈一個人。

「那種事……」

心情脫口而出。

「那種事當然會讓人覺得很在意啊！」

胸中的鬱悶吐不出來也吞不下，栞奈只能擠出滿是後悔與罪惡感的心情……

6

在櫻花莊迎接的第三個暑假，悄悄地一天又過一天。

原以為八月十日還很遙遠。一旦到了這一天，才注意到二十天一下子就過去了。

今天將在水明藝術大學的音樂廳舉辦全日本鋼琴大賽的決賽。

不湊巧是陰天，就像栞奈開朗不起來的心情寫照。厚重的烏雲沉重地覆蓋在頭上。

即使在剛目送伊織離開櫻花莊之後，栞奈仍猶豫著該不該去替他加油。

老實說，害怕看到伊織彈鋼琴的心情比較強烈。因為要是有了任何一點失誤，栞奈就會覺得責任在自己身上……

儘管如此，栞奈還是完成了出門的準備。換上制服，來到玄關。現在出發的話，應該能夠從容地趕上開始的時間。

「……」

栞奈煩惱著，仍換上了鞋子。

至少還是先出門，到了那裡再決定要怎麼做好了。

栞奈這麼想著，終於從櫻花莊出發了。

在走慣了的路上前進。

沒有穿過水高的校門，腳步走向大學校地。從正門進入，筆直走在綠蔭大道上。

已經有一些人潮，也許都跟栞奈一樣，目的地是音樂廳。

有許多身穿正式服裝的人。

栞奈混入人潮中走著，很快便來到音樂廳前面。

踩上幾階樓梯後，眼前就是設了玻璃落地窗的正面入口。人群接連不斷被吸進去。

栞奈站在距離幾公尺的側邊，佇立在音樂廳前反覆地深呼吸。接著，思考了大約一分鐘。

「……還是回家吧。」

得到的結論就是從這裡折返。栞奈當下轉了個身，結果與熟悉的人碰個正著。

「啊，栞奈學妹。」

是優子的哥哥空太。他身穿有領子的襯衫，上衣也整齊地紮進褲子裡。

「來幫伊織加油嗎？」

「不，我是……」

栞奈正要否定的時候，被音樂廳入口傳來的巨大聲音給蓋了過去。

「喔～～原來你在這裡，學弟～～！」

美咲在階梯上方猛揮著手，身旁還有丈夫三鷹仁的身影。另外還有兩個人，一位是伊織的姊姊沙織，而在她身旁的人則是她的男朋友館林總一郎。

「咦？仁學長，你回來這裡啦？」

似乎就連空太也不知道，自然地吃了一驚。由於仁正就讀大阪的藝術大學，所以當然也住在大阪。

「因為前學生會長啊，說無論如何都想炫耀一下他跟皓皓的笨蛋情侶模樣，我只好心不甘情不願地回來啦。」

「沒有人說過那種話吧。」

「就、就是說啊，三鷹，我們哪裡是笨蛋情侶了。」

總一郎與沙織接連提出抗議。

「大概是小倆口感情超好地向我反擊的這一點。」

「什麼！」

對於仁輕薄的用字遣詞，沙織的臉一下子紅了。

「那麼，我們進去吧。快沒座位了。」

仁很快地穿過入口。總一郎與沙織還在辯解，也跟著走在他後面。

「快點快點，學弟跟光屁股也快走吧！」

「啊，我……」

栞奈被美咲抓住手臂，「我要回家了」這句話硬生生吞進喉嚨深處。

音樂廳後方有大約兩百個位子是一般開放的座位。

空氣中飄著獨特的緊張感。

眾人找到了一整列空座位，以仁、美咲、沙織、總一郎、空太、栞奈的順序坐了下來。

大約坐滿了七成的座位。由於觀眾還在陸續增加，看這個氣勢，應該在比賽開始前就會全部坐滿吧。

「這麼說來，伊織好像做了很驚人的宣言呢。」

坐在旁邊的空太說道。

「很驚人的宣言？」

做出反應的人是沙織。她的身子微微往前傾，看向空太與栞奈的方向。

「聽說他好像用了校內廣播，說如果得獎就要向栞奈學妹告白。」

如此說明的人是空太。

「唔啊，那個笨蛋……真對不起啊，伊織給妳添麻煩了吧。」

沙織明顯地露出傷腦筋的表情。

「不……那個，雖然有一陣子覺得很麻煩，不過已經沒事了。」

「真的很對不起。」

沙織雙手在面前合掌，再度鄭重道歉。

「沒關係，真的不要緊。」

到底是什麼不要緊，栞奈自己也搞不太清楚，只是在這個場合也只能這麼回答。

——比賽即將開始，請各位盡快就坐。

對話被廣播蓋過因而中斷。

栞奈稍微鬆了口氣。不想再繼續這個圍繞著校內廣播的話題。

靜待比賽開始，約五分鐘後……終於開始介紹第一位演奏者。身穿大紅色華麗禮服的女孩子踩著喀喀的腳步聲，來到舞台上露臉。

在觀眾與評審委員的注目之下，她開始彈奏鋼琴。

共演奏三首曲子。

不愧是決賽，程度都很高。顯然與「我會彈鋼琴」之類的次元在表現力上截然不同，每一位演奏者都表現出自己的個性。

以外行人栞奈的眼光來看，會覺得全都是職業級水準。

一位，接著又一位演奏完畢。每當演奏結束，會場便會響起掌聲。掌聲的大小因演奏者而不同，表現出殘酷的差異，而當事人一定最深刻理解其中的含意。這完全是靠實力的世界。

伊織是第九位演奏者。

被叫到名字的時候，會場一片譁然。當身穿燕尾服的伊織從舞台旁邊現身，嘈雜聲變得更大了。並不是心理作用。

伊織因為兩個原因而有名。其中一個，是與栞奈坐在同一排的沙織的弟弟這個身分；另一個則是因為兩年前的骨折，已經從比賽的舞台上銷聲匿跡的事實。

對常觀賞比賽的人而言，這次看到他已經睽違了兩年。

會被視為「復活的舞台」也難免。同時栞奈也感受到了，會場上也有不少表達出「這不是那麼簡單的事」的嚴厲目光。

不受這些人的意識影響，伊織聚精會神地走到鋼琴前面，調整椅子的高度，挺直背脊就座。

接著，吐了一口氣。

僅僅如此似乎就已經完成了心理準備，伊織把手放在鍵盤上，就這樣開始彈奏鋼琴。反倒是栞奈還沒做好心理準備，對伊織所彈奏的鋼琴聲產生了動搖。

流暢而細膩的曲調，手指輕快地在鍵盤上滑動。是溫柔卻又帶著天真無邪的旋律。

原本起伏的情緒逐漸沉穩下來，注意力受到吸引。

感受得到曲子帶有明確的意志。那就是伊織的意志。

其中最吸引栞奈的，是彈奏著鋼琴的伊織的表情。

「……」

他在笑。

很開心地笑著。

流暢地彈完第一首後，接著第二首曲目則是相對地強有而力的樂曲，彷彿暴風雨般激烈，感情豐沛地衝擊過來。氣勢轉變成音樂，灌注到全身。

演奏結束的時候，伊織用力地深呼吸調整氣息。

接下來就是最後了。會場屏氣凝神地關注。

彷彿回應大家的期待一般，伊織的手彈奏出歡樂的樂曲。

飛騰、跳躍、興高采烈的氣氛充滿了整個會場。栞奈認為，這正是因為伊織對這個狀況樂在其中的緣故。

因為伊織是真的很快樂地彈著鋼琴……

就這樣，伊織在沒有大失誤的情況下，終於彈完了第三首樂曲，最後輕快地舉起敲完鍵盤的手。伊織靜止在彷彿操控著傀儡的姿勢。

全場一片寂靜。

然而在接下來的瞬間，莫大的情緒湧起驚濤駭浪，音樂廳整體響起的如雷掌聲，幾乎要把屋頂給掀了。

「太棒了～～！小伊織！」

其他觀眾也跟著美咲發出了歡呼。

起身的伊織向觀眾行禮致意。抬起頭的時候，向栞奈等人做出了勝利姿勢。

就在掌聲的歡送下，伊織抬頭挺胸地踩著腳步，消失在舞台側邊。

儘管如此，掌聲仍持續不斷。

「我都沒受過這麼熱烈的掌聲呢。」

沙織喃喃說道。

「已經可以從『姬宮弟弟』這個名號畢業了呢。」

空太自言自語。

雖然沒有人回答「嗯」或「是啊」，但會場上的掌聲已經肯定了空太的話。

在這陣狂熱的掌聲中，栞奈獨自與鼻子深處酸楚的情緒奮戰，一個不小心就會哭出來。

所有人的演奏在下午四點結束。

花了約三十分鐘評審，立刻在舞台上發表得獎者。

以掌聲大小而言，伊織遙遙領先。

栞奈滿懷期待地等著台上叫到伊織的名字。

「——以上就是本次得獎者的名字。」

因此無法理解為什麼在還沒叫到伊織的名字之前，手持麥克風的男性就這樣做了總結。

頒獎典禮結束，即使過了三十分鐘以上，伊織還是沒有從休息室走出來。

會場已經以極高的效率開始整理的作業，參賽者們也換下禮服或燕尾服，幾乎都收拾好了。

栞奈與空太等人一起在音樂廳的大廳等著伊織換衣服。眾人沒有特別的對話，端坐在橫長的椅子上。

這時，有兩道身穿水高制服的人影走過。仔細一看，是武里直哉與春日部翔。兩人也都參加了比賽。

「啊，長谷同學。」

出聲打招呼的人是翔，還帶著稚嫩的臉龐上明顯露出困惑之色。

「伊織呢？」

旁邊的空太提問。

「還在休息室。正塞在牆壁跟衣櫃間沮喪。」

如此說明的人則是直哉。

「說些『我的青春結束了……』、『現在地球立刻毀滅算了……』之類嚇人的話……看起來很嚴重呢。」

翔如此補充。

「唉……」

栞奈嘆了口氣，從大廳的椅子上站起身。

理所當然地受到注目。

「我去看看狀況。」

栞奈簡短說完後，走往休息室的方向。

「我要進去了。」

由於已經聽直哉說剩下伊織一個人，因此栞奈一邊說著一邊打開了門。

在房間的最角落。伊織真的就塞在牆壁與衣櫃之間，抱著膝蓋坐著。

「工作人員因為沒辦法收拾，正覺得很困擾喔。」

「……」

伊織彷彿鬧彆扭的小孩子，用手指摳著地板上的一點。

「趕快換好衣服回家了。」

「不要。」

「不要講話像小孩一樣。」

「……」

「你那是什麼態度？那麼不甘心嗎？」

「不是。」

「不然又是什麼？」

「我好想得到名次……」

伊織又陰沉地更加沮喪，把臉埋到膝蓋上。

「你這麼想跟我交往嗎？」

「……這一點也有。」

伊織唉地深深嘆了口氣。

「不過，不只是這樣。」

「不然是什麼？」

「我好想得到名次……」

「所以又是為什麼啦？」

「我想得到名次，好好證明一番。」

「……」

抬起頭的伊織視線逃往天花板。

「因為妳一直很在意，所以我很想做點什麼。」

「……什麼跟什麼啊。」

聽到自己就是理由，栞奈嚴重地心生動搖。

「我都已經完全不在意骨折的事了……但是只有妳現在還覺得都是自己的錯……」

「有什麼辦法……確實就是那樣。」

「所以，我希望妳能了解我已經不要緊了！」

伊織一臉泫然欲泣的表情如此傾訴。

「你想說是為了我嗎？」

「才不是。」

「不然是什麼？」

「結果，該怎麼說呢，那個……一次也好，我希望能用我的音樂讓妳露出笑容！」

「……什麼跟什麼啊。」

栞奈對他天真地表現出來的心意感到困惑，做出不著邊際的回應。

「啊～～可惡，越來越搞不懂我在說什麼了～～！」

伊織似乎已經到達忍耐的極限，猛搔著頭，原本就蓬鬆的亂髮變得更加亂七八糟。

「……我到底有哪裡好了？」

「啥？」

「沒有理由讓你那麼喜歡。」

「嗚哇～～妳真是麻煩耶。」

「那可真是對不起啊。」

「我又沒有說這樣不好。」

伊織鬧彆扭似的噘起嘴，把腳往前伸直，進入放鬆模式。

「就算沒有得到名次，也已經確實傳達了。」

「……」

「你沒有聽到那些掌聲嗎？」

「我當然聽到了啊。我還是第一次得到那樣的鼓掌。」

「既然如此……」

「可是，我想知道的是妳的想法。」

伊織的視線再度捕捉到了栞奈。栞奈回想起演奏的事，總覺得內心深處逐漸熱了起來。接著，嘴巴便擅自動了起來。

「……沒辦法了，跟你交往也無妨。」

用幾乎要消失的聲音囁嚅著。

「咦？」

伊織露出痴呆的表情。

「妳剛剛說什麼？」

「我不會再說第二次。」

栞奈不經意地別開視線，掩飾難為情。

「……呃，妳說真的嗎？」

大概是仍無法置信，伊織還沒回過神。

「妳該不會是發燒了吧？」

接著一臉正經地問了。

「什麼？你不願意嗎？」

栞奈拚命逞強，狠狠瞪著伊織。

「因為，妳不是很討厭我嗎？」

「我沒那麼說。」

「不、不，到目前為止應該說了有百萬次吧？」

「一百次左右吧。」

「也夠多了吧？」

「……既然你那麼不願意就算了。再見。」

栞奈快速轉身背對伊織。正前方就是門。老實說，栞奈已經到了難為情的極限，巴不得早一刻逃離這裡。

「啊～～等一下、等一下！我騙妳的！請妳跟我交往！拜託妳！請務必答應～～！」

伊織毫無自尊心地跪在地上請求。

「拜託妳～～！拜託妳可憐可憐我吧～～！」

「唉……這樣實在很丟臉，快住手啦。」

「好，我馬上住手。」

這次他則是動作俐落地站起身。

「所以，拜託妳了！」

「我知道了啦。沒辦法，我就跟你交往吧。」

「太棒了～～！」

伊織蹦蹦跳跳地表現出喜悅，實在難以想像跟剛才夾在牆壁與衣櫃間的是同一號人物。真是驚人的變身。

「我在外面等你，你趕快換衣服吧。」

栞奈低著已經漲紅的臉，走出休息室。

仍然垂著視線，手背在背後關上了門。

「……呼。」

緩緩深呼吸之後，靜靜地抬起頭。這一瞬間，栞奈全身僵住了。

「啊……」

因為休息室門前有空太、美咲、仁、沙織、總一郎的身影……

「不、不要緊啦，我們只聽到大概一半而已。嗯、嗯，不要緊。」

沙織一副慌張的樣子，拚命解釋。

「那、那個，雖、雖然好像已經聽到重要的部分，不過我們不會跟任何人說的，所以，嗯，沒問題的。」

「沙織，妳這是不打自招喔。」

總一郎摀著臉。

「那麼，之後就交給年輕人囉。」

美咲刻意用手遮住嘴巴如此說著。

「說的也是，打擾到人家就不好了。」

仁迅速地往出口方向走去。

「呃，那個……栞奈學妹，接下來就拜託妳了。」

空太說完這句話，美咲、沙織與總一郎也很開心地開始撤退。

又不能追上去解釋，栞奈腦袋一片混亂，根本沒想到這些。

她只能無奈地在休息室前，一個人越想越不自在。

「你還沒換好衣服嗎？」

她對休息室裡的伊織發洩累積的不滿。

「咦？什麼什麼？怎麼回事？妳為什麼在生氣啊？」

大約五分鐘後，栞奈與從休息室走出來的伊織一起離開音樂廳。當然，空太等人似乎已經先回去了，所以周圍沒有其他人。

走出正門，栞奈與伊織兩人走在逐漸接近晚上的回家路上。

「……」

「……」

走出大學校門已經過了快五分鐘，兩人之間卻沒有對話。

「……那個啊。」

伊織戰戰兢兢地開口。

「什麼事？」

「要不要聊點什麼？」

「為什麼？」

「當然是終於開始交往的兩個人之間，總會有很多事吧。」

「很多事是指？」

「就是很多事啊……」

伊織的聲音聽來氣勢越來越弱。

「……」

「……」

沉默再度包圍了兩人。

然而，這次並沒有持續太久。

「好，那麼，我可以叫妳名字嗎？」

「隨便你。」

「栞奈……同學。」

微微的心跳加速也只在一瞬間，加上敬稱後就讓人覺得失望。

「真沒用。」

「妳有注意到妳這種發言正不斷刨挖著我的心嗎？」

「我知道啊。」

「知道了還這樣對我嗎！個性真的很差耶……總之就是這樣，可以牽妳的手嗎？」

到底又是怎麼回事？就算問了也抓不到重點吧。

「不要。」

栞奈簡短地說出想法。

「為什麼！」

伊織誇張地感到錯愕。

「總覺得一旦同意了，你就會得寸進尺，還想摸其他地方。」

「妳把我當成什麼了？」

伊織身體向前傾，看著栞奈的臉。

「男朋友啊。」

「喔、嗯。」

伊織沒有否定，把身子拉回來。

「你的臉很紅喔。」

儘管栞奈如此點明，也有自己已經滿臉通紅的自覺。臉頰發燙。為了忘卻這股炙熱，栞奈繼續開口說著：

「我有的時候會把白的東西說成是黑的。」

「什麼？」

「就算可以，也會說不可以。」

「也就是說……其實我不是男朋友，而是女朋友嗎！」

伊織驚愕地瞪大了雙眼。

「不是啦。」

栞奈帶著嘆息回答。

「太好了～～啊～～嚇了我一跳。」

「更之前的話題。」

「是什麼來著？」

「你不是說了想牽我的手嗎？好歹也該負起責任，記得自己說過的話吧。」

「啊，沒錯……也就是說，可以囉？」

「不要。」

栞奈把頭別開，做出與剛才同樣的回應。

沒多久，她的右手被一陣溫暖包覆。因為伊織握住了她的手。

「好大。」

「嗯？」

「你的好大。」

「總覺得妳剛剛的台詞很讓人興奮耶。」

「我說的是手。」

「我、我知道啦，可不可以不要瞪我啊？」

伊織整個人縮了起來。在比賽的舞台上，明明是那樣凜然地彈奏著鋼琴……看不出來是同一個人。

「不過，我醜話要說在前頭。」

「儘管說吧。」

「我可是很麻煩的。」

「這我已經充分了解了。」

「而且很執著。」

「嗯，這點我也大概知道。」

「如果你有可疑的行為，說不定會查看你的手機。」

「我等一下就會哭著把珍藏的照片刪掉。」

「要是你先變心、喜歡上其他女孩子，說不定會捅你。」

「真、真的假的？」

伊織的表情僵住了。

「有一半是開玩笑的。」

「那不就是有一半是認真的嗎！」

「所以，如果要反悔就趁現在。」

「我絕對不會反悔。」

伊織立刻回答。幾乎是在栞奈說完之前就搶先回答了。

「這樣嗎……」

「只是，那個……可以問妳一件事嗎？」

「不行。」

「我還沒問妳對我有什麼感覺耶。」

「那還用說嗎？」

兩人正好來到了短階梯前。那是大概只有五階的樓梯。

伊織的手一放開，栞奈便率先爬了上去。接著，在樓梯最高階轉過頭來。

「我最討厭你了。」

露出滿臉笑容如此說道。

還在前往夢想的途中

櫻花莊的寵物女孩

1

「空太學長，請教我怎麼接吻！」

天氣開始變更冷的十一月最後一個週六。

傍晚時分來訪的伊織以認真的神情逼近空太。

在舊式獨棟建築的客廳裡。自水高畢業以後，這裡就是空太與龍之介租用的住處兼開發室。一樓有一間房、二樓有三間房的4LDK（註：四間房間加上客廳、餐廳與廚房）。一樓房間與客廳的隔間拿掉，現在做為開發室使用。

四張桌子背對著排列，裡面兩張桌子是空太與龍之介的座位；前方的一張桌子是伊織專用的音效桌；剩下的一張，則是在請幫手來協助繪圖時預備用的桌子。

從各自的座位轉過來的房間正中央，則準備了小茶几，以便隨時都能開會討論。伊織就是把手撐在這茶几上，朝回過頭來的空太探出身子。

「學長，你有在聽嗎！」

伊織喘著鼻息，把臉逼近過來。

「呃，你剛說了什麼來著？」

空太把視線從還在確認的「RHYTHM BATTLERS 2」企劃書上抬起。

「請教我如何接吻！」

幾乎整個人坐在茶几上的伊織，臉已經探到空太眼前。是還差幾公分就能接吻的距離。

當然，空太並沒有與男人接吻的興趣，便朝椅背避開來。

「怎麼會突然提到接吻啊。」

「才不是突然呢。幾乎這一整個月我都一直在想！」

「原來如此，所以最近完成的樂曲才會忸忸怩怩的啊……」

伊織創作的曲子受精神狀態深刻影響。從以前就一直是這樣。

「算了，這倒也無所謂……不過很抱歉，關於接吻這檔事，我可沒有什麼能教你的喔。」

完全問錯了對象。

打算就這樣結束這個話題，空太的視線回到手邊的企劃書。預定在明年春天設立公司。而這正是擺在最初第一個計畫的重要企劃。

「GAME CAMP」時給予協助的戶塚，以及提供許多討論意見的藤澤和希都給了許多建議。參考之後，決定目標是將第一部有某種程度銷售量的作品進行商品化。

老實說，很想獨自做出新遊戲。而製作這個所需的運轉資金，應該可以透過「GAME

CAMP」販售的兩部作品的收益來獲得。

不過，要是有一部遊戲失誤就玩完了。不但沒了下一部遊戲製作的開發費用，就連公司都會輕易破產。

以剛成立沒多久的小遊戲公司而言，要由一間公司來承擔從開發到販售的所有工作，從資金面來看並不切實際。除了開發，也需要擔任宣傳或通路的人員。

因此在這種情況下，就會以向規模較大的出版社提報企劃、尋求開發費用，並且委託出版社宣傳與販售的形式來進行。而空太等人只要以開發者的身分，專注在遊戲開發就好了。

「如果是RHYTHM BATTLERS的續篇，我們公司就能夠提供預算。」

就連交流比較久的戶塚都這麼說了。現在正以這個方向進行研議中。

「空太學長，你有在聽嗎？」

在重新讀完戰鬥系統的說明頁面後，空太再度看了伊織。不知什麼時候，伊織已經坐在自己的位子上不斷地轉來轉去。

「我們開始交往到現在，都已經快四個月了耶。」

伊織與栞奈開始交往是八月的事。由於是全日本鋼琴大賽當日，所以空太記得很清楚。

「既然都快四個月了，學長不覺得差不多是可以接吻的時候了嗎？」

「該怎麼說呢，我也不清楚這種事是不是有所謂適當的時間。」

把企劃書擺在桌上，空太決定專心陪伊織商量。因為雖然空太完全不保證能幫上忙，但是伊織看起來絲毫沒有要停止話題……

「空太學長的經驗呢？跟椎名學姊是在什麼時候、什麼樣的時機發生初吻的呢？」

「呃～～我是……」

那是在高三時……教育旅行的最後一天。在函館的教堂裡回應真白的告白時……如果要正確回答伊織的問題，就是在彼此確認情感、開始交往的那時候……應該是這樣。

「……」

雖然不是難以啟齒，但說不出真正的事實。

「學長？」

「啊、呃～～我不太記得了耶。」

「真不愧是空太學長，一旦成為大人，接吻這種小事果然就會忘記呢！」

雖然與真相完全不同，但看來是矇混過去了，就當成是這樣好了。那一瞬間所發生的事，空太並不太想告訴別人，因為是如此珍貴的回憶。

「所以希望這樣的戀愛高手空太學長，可以教教我怎樣才能接吻啊。」

「你說誰是戀愛高手啊？」

這應該是過去以外宿帝王這個身分遠近馳名的仁才配得上的稱號。而他現在已經有了可愛的妻子……

「我幫不上你的忙喔。」

「咦～～！那麼，DRAGON學長，拜託你了！」

話題的火線延燒到了默默進行作業的龍之介身上。

「別把無聊的話題扯到我身上來。」

龍之介依然背對著伊織。兩個螢幕上羅列著原始程式，並且不斷寫出新的原始碼。

「可是，DRAGON學長不是已經被那位麗塔小姐接吻過很多次了嗎？」

「我不記得有過很多次。」

龍之介的聲音帶著不愉快。

「就我所知道的，至少有五次吧。」

水高時代兩次；上大學以來有過三次。只要有機可乘，龍之介就會被麗塔奪去雙唇。每次照顧昏厥的龍之介都是空太的工作，因此就算不願意也會記得次數。

「要怎麼做才能讓女孩子主動獻吻，請教教我吧！」

伊織抱著龍之介的腿。

「煩死人了！神田，你快給我想辦法處理！」

「就算你叫我處理也沒有用啊。」

為了這種事來向空太尋求建議這件事本身果然就是個錯誤。況且，應該也沒有所謂接吻的必勝法。一想到對象是栞奈，就變得越來越搞不清楚該怎麼做。

「老實地向栞奈學妹尋求同意如何？」

總覺得以伊織的狀況而言，這應該是最好的辦法。或者該說，他應該早就說過這些話了吧。

「我有次想要索吻，就被她用力推開了。」

「這樣啊……」

不愧是伊織，了不起的挑戰精神。

「而且啊，那傢伙竟然還以冷漠的眼神往下看著因為後腦杓撞到牆壁而哀哀叫的我，一邊說著『真噁心』耶！」

栞奈那種反應，即使沒有親眼目睹也能在腦海中想像。因為空太也曾幾次遭受到那種鄙視般的眼神，那實在有相當的破壞力。

「不然我到底該怎麼做啊～～？」

伊織鬧彆扭似的躺到地毯上。

「嗯，凡事總有個順序吧。你跟栞奈學妹進展到哪裡了？」

「啊，這點我自己也完全搞不清楚！」

伊織斬釘截鐵地說道。

「已經牽手了嗎？」

「啊，這點倒是很乾脆。比賽那天回家時我問了她，她就同意了。」

「這樣嗎？」

有點意外。因為雖然只是擅自想像，總覺得栞奈在這方面給人有潔癖的印象……

「之後她也說了，如果周遭沒有人就可以牽手。」

聽起來兩人感情似乎很好。是自己多心了嗎？

「既然這樣，她應該會接受吧。」

「就是說吧！」

伊織猛然坐起身子。

「你要不要再試一次看看？」

在交往之前就會對栞奈不甚豐滿的胸部冷嘲熱諷，當面說出覺得她的大腿很不錯，甚至還說出希望能讓自己摸她胸部這些話的伊織，事到如今應該沒什麼好猶豫的吧。

「要是我能那麼做，就不用找學長商量了！」

「是這樣嗎？」

「因為要是再被拒絕一次，我可是會因為打擊太大而臥床不起喔。」

「這倒也是。」

一想到如果又行不通，確實沒辦法輕易再跨出一步。需要比第一次更大的勇氣，這是可以理解的。

「再怎麼說，畢竟可是要接吻啊。」

「是啊。」

「我說的是嘴對嘴喔。」

「這我知道。」

「果然還是要停止呼吸比較好嗎？」

話題好像開始扯遠了。

「還是要看長度吧？」

「長度？幾秒鐘比較適合啊？」

「這問我也沒用。」

「學長都已經是有經驗的人了，請不要賣關子，快告訴我啦～～」

伊織就這樣躺在地板上，伸手抓住空太的腳，巴著不放。

「這種事，當然是要察言觀色看當時的狀況而定吧。」

「學長應該知道我根本就不會察言觀色吧！」

看來他似乎有所自覺，不過好像沒有想改善的意思……

在這之後，伊織也仍嚷著「請教教我啦～～」並緊抱著空太的腿。不過，又過了一會似乎是膩了，他再度仰躺回地毯上並如此說著：

「啊～～好想接吻，好想接吻啊～～」

「神田，你也差不多該讓那個人閉嘴了。」

龍之介一如往常毫不留情。

「我想應該是沒辦法了，你就忍耐吧。」

轉過頭來的龍之介露骨地嘆了口氣。

「啊，對了，空太學長。」

伊織坐起身子。

「我已經沒什麼建議要給你了喔。」

「不，不是那個……偶爾不是會有偶像參加職棒比賽的開球式嗎？」

「嗯，是有這回事。」

到底是什麼話題呢？

「隔天體育報上的『無落地開球式』標題，看起來就像是『沒穿內褲開球式（註：兩者日文音近）』吧！」

就像小孩看到面前最喜歡的點心一般，伊織眼睛閃閃發亮。

ナギッ

「是啊。」

空太姑且表示贊同。

「還有，我最近會開始覺得喔。」

「還有啊？」

「如果羽球選手是金城與玉木姓氏的雙人組合，學長知道會變成怎樣嗎？會是『金×玉』組喔？就算交換前後順序，也會是『玉×金』組喔（註：「金玉」為日文中睪丸的俗稱，「玉金」則是隱語表現）！」

「應該是早就看穿了這一點，所以姓金城與玉木的選手絕對不會同一組，你不用擔心。」

「聽學長這麼說我就放心了。」

伊織真的呼地鬆了口氣。

「真是太好了呢。」

「啊，還有另外一件事。」

「什麼事？」

心想反正一定又是什麼沒用的話題，空太便把手伸向桌上的企劃書，目光落在從「2」以後預定追加的合作遊戲相關記述。

「DRAGON學長也請聽我說啦！」

「……」

龍之介沒有回應，仍喀噠喀噠地輕快敲打著鍵盤。

「水高畢業以後，我可以住這裡嗎？」

「……」

空太不發一語地從企劃書上抬起頭來。

「……」

龍之介的手也停下了動作。

「應該說，從四月起要設立的公司，也請讓我加入吧？」

停下作業的龍之介轉動椅子回過頭來，僅有一瞬間與空太視線對上了。他的眼神所要表達的意思，不用確認也能夠理解。

因此……

「當然可以，歡迎你。」

空太明確地回應。

「沒有反對的理由。」

如此接話的人是龍之介。

「呼～～太好了～～我還擔心萬一被拒絕該怎麼辦～～」

伊織在地毯上滾來滾去，大概是鬆了口氣的表現。結果他的腰撞上椅腳，猛喊著「好痛」。

「你到底在幹什麼啊……」

空太受不了地如此嘀咕，準備把企劃書放回桌上時，放在旁邊的手機響了。

看到了螢幕上顯示的名字，空太一瞬間皺起了眉頭。

是熟悉的名字。剛才也出現在話題裡的人物。不過，本人倒是很少打電話過來。

畫面上顯示著「長谷栞奈」。

「妳好，我是神田。」

空太感到疑惑地接起電話。

『我是長谷……』

栞奈的聲音顯得有些吞吐。

「嗯……怎麼了？」

『那個笨蛋，今天也在學長那邊嗎？』

「妳說伊織？」

『是的。』

「他在啊。現在正躺在地毯上看漫畫雜誌。」

他正在翻的是真白有連載的少女漫畫雜誌。順便一提，由於空太每個月都會買，所以伊織只要來到這裡就常會拿來看。

「啊，他剛把手伸向零食。」

伊織把放在茶几上的煎餅送進了嘴裡。

『我並沒有要問這麼詳細的資訊。』

「要換他來講電話嗎？」

雖然這麼開口詢問，但空太早就察覺到沒有這個必要。如果是要找伊織，一開始直接跟伊織聯絡就好了。因為兩人正在交往，不管是手機號碼或是信箱都很清楚，沒有客氣的必要。

『不，不用了。』

果不其然，栞奈的回應是ＮＯ。

「嗯，然後呢？」

栞奈究竟是為了什麼才跟空太聯絡呢？空太始終搞不清楚這一點。

『可以請你問他晚餐是要回櫻花莊吃，或是要在空太學長那邊吃嗎？』

「這是沒問題……不過妳直接問他不就好了嗎？」

空太想刺探栞奈的真意般問了。

『請空太學長問他。』

從她的回應隱約感覺得出緊繃的氣氛。雖然不清楚原因，不過對於伊織有什麼不滿這一點錯不了。不知為何，人心情不好的時候總是會採取兜圈子的態度。

「妳稍等一下喔。」

空太對著話筒說完後，轉向伊織。

「伊織，栞奈學妹打電話來……問你今天要在哪裡吃晚餐。」

「我肚子餓了，所以會在這裡吃完再回去。」

「你今天要不要回去吃啊？」

栞奈應該是這麼希望吧，不然就不會特地打電話來問了。

「咦～～不用了啦。而且空太學長做的菜很好吃。」

伊織始終一副天真無邪的態度，完全沒注意到空太的用意。

「不，我說喔，伊織……你最好思考一下栞奈學妹打電話給我的理由喔。」

「而且今天又是星期六，順便在這裡過夜好了～～」

伊織甚至還悠哉地說出這種話。

空太沒有辦法，只好向栞奈轉達這令人遺憾的結果。

「呃，栞奈學妹？」

『我全都聽到了。』

「這樣啊……」

『請轉告他，我的料理做得比空太學長還差，真是對不起他了。』

「啊，栞奈學妹！」

空太慌張地呼喚著。然而，耳邊聽到的卻是掛斷電話的噗滋聲。

「伊織。」

空太把手機放回桌上，開口說道。

「什麼事？」

「你跟栞奈學妹發生了什麼事嗎？」

「我都說了，連接吻什麼的都沒發生啦～我們剛才不是才聊過這件事嗎？」

「說的也是……」

空太含糊地回應，隱約想起了水高時代的事。跟真白剛開始交往沒多久的時候……曾經有一段時期，真白常擺出希望空太察覺到什麼的態度。

「……」

從座位上起身的空太走向廚房想準備晚餐。

「問題就出在『什麼事都沒發生』吧。」

空太剝著洋蔥皮，這些話自然地脫口而出。

2

高中生活第三次的冬季。在水高度過的最後的十二月。

課堂結束後，栞奈一個人來到商店街買東西。

原本其實打算跟伊織一起來，卻在即將放學時叫住他，在還沒開口邀約前，就已經得到這樣的答案：

「啊，我要直接去空太學長家。晚餐也應該會吃完以後再回家。」

「來，栞奈美眉，兩塊鰤魚切片。」

「謝謝你。」

栞奈拿了錢的手從魚販大叔手上換回塑膠袋。

「哎呀，只有兩塊嗎？」

伴隨著聲音從旁邊探頭過來看栞奈手上東西的人，是一位金髮碧眼的美女。來自英國的留學生，麗塔・愛因茲渥司。

「歡迎光臨。麗塔美眉今天還是這麼漂亮呢～～」

「呵呵，謝謝你的稱讚。」

她以閃閃發亮的笑容接受了大叔的招呼。接著，視線又立刻回到栞奈手上。

「妳該不會是在減肥吧？」

「因為今天千尋老師說會在外面吃完才回家。」

「就算這樣，栞奈、優子跟伊織……還差一人份吧？」

「那個笨蛋，今天也去空太學長那邊了。」

雖然自認壓抑住了，卻仍是自己也感受得到的帶刺語氣。對這方面很敏銳的麗塔，不可能漏看了栞奈的不滿。

「原來如此。」

彷彿已經看穿了一切，麗塔在喉嚨深處笑了。

「並不是什麼大不了的事。」

這就跟辯解沒兩樣。

「這麼說來，今天晚上就只有栞奈跟優子兩個人囉？」

「是的。」

「這樣的話，要不要到我們家來？剛才在大學遇到了美咲，約好要一起吃晚餐。」

「這要問神田同學的意見才知道……」

由於優子擔任打掃值日生，會比較晚回家。

也不清楚麗塔是不是理解了栞奈的些微躊躇，把電話壓在耳朵上。

講電話的對象不用問也知道。就是優子。

雖然美咲也是如此，但栞奈對麗塔高度的行動力，即使在認識已久的現在，仍不免感到驚慌失措。如果是栞奈，在行動之前會考慮、在意很多，結果就這樣做罷的情況還比較多……

「優子好像也沒問題。」

結束通話的麗塔露出滿臉笑容。事已至此，也沒辦法再抗拒了。

「那麼，我們走吧。」

「好的……」

事到如今也沒辦法拒絕，栞奈只能這麼回答。

被麗塔所帶到的地方，是位於距離櫻花莊步行約需五分鐘的七層樓公寓。雖然應該是超過十年的屋齡，但無論是外觀或內裝都維持得完整漂亮。

麗塔與真白住在五樓。

「請進吧。」

「打擾了。」

在發出香氣的玄關脫鞋後，來到客廳。三隻貓咪正玩鬧成一片。

隔間是２ＬＤＫ（註：兩間房間加上客廳、餐廳與廚房）。

「請隨便坐。」

栞奈照麗塔所說的，在沙發上坐了下來。

從大窗戶照進明亮光線且整理得有條不紊的室內，設計簡單的家具並排著。牆上裝飾著三張約明信片大小的圖畫。

「啊，那個嗎？那是真白用來打發時間畫的。」

麗塔在開放式廚房裡面，一邊倒茶一邊如此說道。

三張都是貓咪的圖畫。就是現在還在飯廳角落玩鬧的三隻貓，從水高畢業的時候，真白向空太領養的瑞穗、小燕以及小櫻。

「……」

栞奈對於畫的感想，除了很棒還是很棒。比實物還更像實物的畫。既然這是用來打發時間所畫的作品，就表示真白的繪畫才能果然不尋常。

「請用。」

「啊，不好意思。」

看到端出來的茶，栞奈才察覺自己應該幫忙。

「沒關係，因為栞奈是客人。」

「真不好意思……」

栞奈不知該如何回應，重複同樣的話。面對麗塔閃閃發亮的笑容，就是會不由得緊張起來。

她喝著茶，不經意地環視室內。沙發的正前方有四十吋左右的電視，旁邊還放了一台電視遊樂器，也有「RHYTHM BATTLERS」的包裝。

「麗塔小姐也會玩遊戲啊。」

麗塔還住在櫻花莊的時候，栞奈好幾次目擊她在空太房裡打電動。不過，沒想到她還會自己買來玩。

「喔，那個是真白的。」

「咦？」

這更叫人意外了。栞奈忍不住發出驚愕的聲音。

「原稿完成後，偶爾會拿來玩。我想這大概是真白支持空太的方式吧。」

「……」

像這種時候應該說什麼才好呢？

找不到正確解答。栞奈稍微停頓一下後，詢問了真白的事。

「椎名學姊在房間裡工作嗎？」

客廳的牆上有兩道門，門上各掛著在櫻花莊時期就一直使用的真白與麗塔的門牌。

「啊，我沒跟妳說過嗎？」

「什麼事？」

「真白從三個月前，就另外租借了工作用的其他房間了。」

「咦？自己一個人從這裡通勤嗎？」

「是啊，不過說是這麼說，就在這正上方而已。」

麗塔調皮地以手指著天花板。

「樓上是少一個房間的1LDK，會請兩位助手過來這裡。」

「助手？」

這也是第一次聽到。原以為她一直是一個人獨力作業。當然包含那不食人間煙火的個性在內，被稱為天才畫家的真白，其助手恐怕不是一般人能夠勝任的工作。無論再怎麼擅長繪畫，與真白相比就是會出現差距。這麼一來，漫畫的品質不就難以維持一定的水準了嗎？

「不過所謂的助手，也只是便宜行事的稱呼而已。」

「這是什麼意思？」

「到真白這裡來的兩位，都是以當上漫畫家為志向的人。像這樣的人在出道之前，到漫畫家身邊以助手身分累積經驗，好像是很常見的事。所以，聽說來了很多『椎名真白小姐這邊有沒有要應徵助手？』的詢問……責任編輯綾乃小姐就跑來跟真白討論，就是這樣開始的。」

簡單來說，似乎有許多想到真白身邊修行的人，然後她就接受了其中的一部分。

「不過，真沒想到椎名學姊會接受呢。」

「我想應該是真白自己在心境上有了什麼變化吧。」

曖昧地露出笑容的麗塔眼眸裡隱約帶著困惑。因此，栞奈立刻理解了所謂「心境的變化」是從何而來。在水高度過的歲月，在這當中邂逅的人們，還有曾經在一起、結果又選擇分手的對象……現在這個當下，就是從當時持續延伸的未來。

像是要掩蓋過短暫的沉默一般，房裡響起了門鈴聲。

來訪的人，是雙手抱著食材的美咲與優子。

「我們來囉，麗塔小姐！」

優子一股腦地把食材擺在餐桌上。

「好，辛苦妳們了。啊，對了，七海呢？」

「她說今天要打工，所以沒辦法過來。」

如此說明的人是美咲。

「那真是太可惜了。」

「咦～～真白姊還在工作嗎？」

優子光明正大地打開真白的房門，窺探空無一人的房裡。

「再過一個小時，應該會先回來一趟。」

「好～～那麼，在那之前先來電玩大會吧！規則是輸的人就要公布喜歡的人的名字喔！」

電玩大會開始以後過了約一個小時，玄關的門無聲地打開，真白回來了。由於只是從樓上下來，倒是沒什麼回來了的感覺……

「啊，真白姊，妳回來啦！」

「我回來了。」

真白一進到客廳，三隻貓咪便往她的腳邊一湧而上。真白帶著這群貓咪移動到廚房旁邊，接著在食盆裡倒入貓食。貓咪們專注地吃起食物，真白溫柔地撫摸每一隻的背。

「真白，工作結束了嗎？」

「還沒。」

既然如此，為什麼真白會回來呢？這個答案馬上就由真白自己親口說出來了。

「已經餵完了，我要回去了。」

照顧貓咪似乎是真白的任務。而且，看來她都確實地完成這個工作。如果知道她住在櫻花莊時的生活白痴狀態，大概很難坦率地相信這個事實……

「哎呀～～這樣啊。」

美咲發出感到遺憾的聲音。她的視線正看著餐桌上已經準備好的火鍋。

「妳們先吃吧。」

站起身的真白為了回去工作而走出客廳。

「啊，真白姊，等一下！」

優子立刻追上前去。

「什麼事？」

「請讓我參觀老師的工作場所！」

「是特別許可喔。」

「太棒了～～！那麼，我們快走吧，真白姊！」

優子從後面推著真白的背，走到外面去了。

不會妨礙到工作嗎……連這樣指摘的機會都沒有。

「既然真白都那麼說了，我們就先吃吧。」

「我等椎名學姊的工作結束……」

之後再吃……原本打算這麼說，途中肚子就咕嚕地發出哀號，因此栞奈終究沒能把話說完。

「妳要之後再吃嗎？」

麗塔壞心眼地看著低下頭的栞奈的表情。

「不……」

「人類最重要的就是坦率喔，光屁股！」

確實如此。雖然栞奈也這麼覺得，但對她而言，要變坦率是她最不擅長的事。

十分鐘之後，栞奈、美咲、麗塔三人圍著餐桌上咕嚕咕嚕煮滾的火鍋。

優子還沒從真白的工作場所回來。

「真希望神田同學不要給人添麻煩了……」

栞奈一邊說著一邊覺得這是不可能的事。優子一定正在給人添麻煩。雖然造成了麻煩，但真白並不覺得困擾。很容易就能想像到這樣的狀況。

「先別擔心優子了……栞奈怎麼樣了啊？」

「什麼怎麼樣了……」

「當然是伊織的事啊？」

「很普通，沒什麼啊。」

事到如今才想起自己今天被邀來這裡的理由。

「不過我在商店街遇到妳的時候，妳不是一臉難掩對總是晚歸的先生感到煩躁的新婚妻子的表情嗎？」

「我、我才沒露出那樣的表情。」

面對太過精闢的指摘，栞奈的聲音不禁變調了。

「是我看錯了嗎？」

「是的。況、況且，那又是什麼樣的表情啊？」

栞奈有些鬧彆扭地反擊。

「就是妳現在的表情喔，光屁股！」

卻遭到美咲用手直指著臉。

以電視的全黑畫面當鏡子確認，栞奈看到了彷彿在嘔氣的自己。確實是「就是現在的表情」。這樣實在沒辦法否定麗塔與美咲的說法。

「……就算是，那又怎樣？」

栞奈放棄了掩飾，毫不否認地喃喃說道。

「這一個月以來，幾乎每天放學後都是這樣。我不會要他別去空太學長那邊，也不可能說那樣的話……那個，該怎麼說呢……」

決定性的詞彙實在讓人難為情到說不出口。

「栞奈是想說『希望他稍微多陪陪我』吧。」

栞奈被說中了心事，一瞬間臉頰漲紅起來。

莫非麗塔讀得出栞奈的心？

「才、才不是！」

栞奈反射性地否定。不過，在這個時間點卻是個錯誤。

「那就是『希望他多花時間陪陪我』吧，光屁股！」

被美咲如此糾正。

「喔喔，原來如此。栞奈的獨占欲還真強啊。」

既然都被說得這麼直截了當，也沒什麼好畏縮的了。

「不行嗎？」

栞奈的聲音完全是在鬧彆扭，已經連掩飾都不想掩飾了。

「太可愛了喔，光屁股！」

美咲從旁邊抱住栞奈。

「呀！」

由於事出突然，栞奈不禁發出尖叫。就像女孩子的尖叫聲，這更增添了栞奈的難為情。

「總覺得難以接受。」

栞奈辯解般開口說了。

「剛開始明明是對方，那個……喜歡上我的……現在卻好像是我比較喜歡他……」

「嗯，嗯。」

美咲與麗塔專心地聽栞奈講話。

「也覺得我們的關係好像沒什麼進展……」

「栞奈覺得很不安呢。」

「那個，開始交往以來過了四個月，應該差不多是怎麼樣？」

「妳是說戀愛的發展進度嗎？」

針對麗塔的確認，栞奈仍垂下視線點了點頭。實在教人抬不起臉，連耳朵都變通紅了。

「比、比方說，接吻大概是交往多久以後會做的事……」

「以我的狀況而言，雖然並沒有跟龍之介交往，但已經接過吻了喔。」

真不愧是英國美女，對於接吻的想法，似乎從根本就跟栞奈不同，有點難以當作參考。

「美咲呢？」

麗塔把話題轉到美咲身上。

「我是在提出結婚登記的一個星期後喔！」

這個人也是在各方面都與眾不同。

栞奈現在才察覺到自己完全問錯人了。

「也就是說，栞奈想跟伊織接吻呢。」

「才、才不是！」

「就是這樣沒錯！」

間不容髮地遭美咲否定。

「那個……並不是想不想接吻的問題，而是我們已經交往四個月了，卻沒有發生這樣的事，所以懷疑這樣是不是很奇怪而已。」

「一天到晚嚷著胸部胸部的，原來小伊織這麼晚熟啊～～」

「不，之前曾經一度被他索吻，可是……」

「可是？」

兩人異口同聲提出疑問。

「因為太突然了，我忍不住把他推開……之後就沒再發生過了。」

並不是覺得討厭，只是單純嚇了一跳。因為那是個很平常的日子，也不是在約會後回家的路上。睡覺前在櫻花莊的飯廳裡若無其事地聊天，正準備回去睡覺而站起來的瞬間……完全沒有心理準備。

「哎呀～～」

美咲發出感到很遺憾的聲音。

「琹奈，那樣不行。」

美咲對麗塔的意見點頭如搗蒜。

「當時被拒絕的記憶會造成妨礙，伊織要再次付諸行動恐怕需要相當大的勇氣。」

「就是說啊～～」

「……這一點我也知道。」

「所以，這時就只能由光屁股來奪走小伊織的吻了！」

美咲拿著蟹螯指著琹奈。

「我、我絕對沒辦法那樣做！」

「不，我相信光屁股辦得到。」

美咲用力地推了一把。儘管如此……

「那是不可能的。」

琹奈沮喪地囁嚅著。

「為什麼？」

「那是因為……」

「因為？」

麗塔與美咲把身子往前探了出來。

「以我的身高，就算踮腳尖也碰不到。」

栞奈以微弱的聲音喃喃說道。

與身材高眺的伊織之間的身高差距，就算再怎麼努力也還差了十公分。

麗塔與美咲面面相覷發愣了起來。以腦袋運轉快速的兩人而言，那是很罕見的表情。

不過，兩人似乎在一秒之後立刻就理解了，哈哈大笑了起來。

「竟、竟然取笑我，太過分了。」

栞奈逞強地瞪著美咲與麗塔。

「沒問題啦，光屁股！我也是啊，雖然踮起腳尖還是碰不到仁的嘴唇，但只要摟住他的脖子就好了喔～～！」

「這、這點我更做不到！」

如果是活潑開朗的美咲來做會是很可愛的行為。不過，要是栞奈這麼做……「幹嘛？妳想勒我脖子嗎？」——似乎會被伊織這麼說。

「如果是這樣，趁伊織坐著的時候不就好了嗎？」

說出確切意見的人是麗塔。

「話是這麼說沒錯啦……」

栞奈吞吞吐吐欲言又止。

似乎是對於她的反應感到不解，麗塔與美咲歪著頭。不過，兩人又立刻異口同聲地發出「啊」的聲音。看來是想到了什麼。

「原來如此，是這麼回事啊。」

「光屁股還真是少女心呢！」

「什、什麼意思啊？」

兩人溫暖的視線實在叫人坐立難安。好歹這次應該沒被察覺自己真正的心意吧……

「初吻要踮腳尖完成，這才是栞奈的理想吧。」

「唔……」

事情發展至此，栞奈忍不住要懷疑自己的心是不是都被看穿了。她已經連「才不是」都說不出口，只能滿臉通紅地低著頭。

「這麼一來，場景就是在放學途中囉！」

「真不錯呢！真不錯啊！」

兩人不知為何興奮了起來。

「就在快要抵達櫻花莊的路上，小伊織突然停下腳步！」

「察覺到他沒跟上來的栞奈便回頭詢問『怎麼了？』。」

「『呃，那個，我說……』對於始終說不出口的小伊織，光屁股主動靠了過來！」

「琹奈說著『真是拿你沒辦法啊』，便主動吻了上去。」

「我、我才沒那樣想！」

不趕快阻止的話，這兩個人好像就會演到意想不到的地方去。

「不然，妳又是怎麼想的？」

麗塔使出壞心眼的反擊。

「我絕對不會說出來。」

琹奈假裝平常心回應。

「既然不說出來，就表示琹奈已經有更細節的理想了吧？」

琹奈察覺到這是自掘墳墓卻為時已晚。一切都太遲了。

「希望妳的理想能實現囉。」

「我會為妳加油！」

「這、這個話題就到此結束！」

就這樣，只有女孩子的漫長夜晚還會繼續下去。

3

七海一個人走在今年剩下不到一個月、已經完全呈現冬季景色的大學校園裡。下午的課才剛開始的這個時間，周圍的學生也稀稀疏疏。

在前往學生餐廳的途中經過展示大廳前方。由於注意到了什麼，她的腳步自然停了下來。眼角餘光似乎掃到了一個熟悉的背影。

七海不經意地窺探隔著自動門玻璃的建築物內部。

果不其然，發現了一位男學生的背影。

是空太。

他正站在一幅裝飾於正面牆上的畫前方。那是水高時代，真白在課堂上畫的作品。因為大學拜託而送出，現在也還裝飾在這裡。

「……」

像這樣在這個地方看到空太的背影，已經不知道是第幾次了。雖然不曾仔細算過，但到大學二年級的今天為止，至少應該目擊過五次。

而每一次七海都沒出聲打招呼，就這樣離開。

「……應該已經沒問題了。」

七海無意識地脫口說出這些話。接著，她的腳步轉往展示大廳的方向，站在自動門前方等待門完全開啟後，走進裡面。

接著並肩站在空太身旁。空太還沒察覺到，視線仍然直盯著畫作。

「真的是很漂亮的作品呢。」

七海如此出聲說完，空太便露出一臉驚愕的表情，張大了眼睛看著七海。不過，他立刻又轉回正面。

「是啊。」

浮現出有些不自在的笑容。

「你來過很多次了吧。」

「咦？」

「因為我之前也在這裡看到你。」

「啊，原來是這樣。」

理解的空太露出難為情的表情。一定是因為不想被任何人知道自己來這裡的事吧。

「既然妳都看到了，出聲打個招呼不就好了嗎？」

他彷彿試圖掩飾般如此補充。

「總覺得不好意思打擾你。」

「比起在不知不覺間被看到的事實要來得好多了。」

辯解的話語正如實說明了空太來到這裡的理由。

因為想見真白。

「想見她的話，去見她不就好了。」

「是啊。」

儘管肯定七海的話，空太的聲音裡卻沒有強烈的意志，給人只是單純回應的感覺。

也許是沒有積極地想見她的心情。並不是意氣用事而不見她，也不是下定決心不要見她，而是想著如果在哪裡偶然遇上就好了。

七海感覺到空太心中對於真白「想要見她」的感情，與「現在立刻想要見到她」的強烈衝動是完全不同的東西，而是更位於內心深處、隱約溫暖著身體的那種感情……不是猛烈燃燒的激情，而是讓人聯想到平穩水面的莫大情愫。

那應該就是人們稱為愛的東西。

即使在分手之後，空太仍珍視真白。自分手以來，空太對於真白的情感變得更強烈了——七海如此認為。

水高時代青澀稚嫩的感情，已經確實成長為穩重而有深度的溫柔。

凝視著真白畫作的空太側臉，確實已經比當時更顯成熟。並不是因為年齡的增長，而是因為經驗的累積，所以空太成長了。

七海很慶幸自己喜歡上這樣的空太。

衷心地如此認為。

雖然沒能在一起，但現在能夠很有自信地說自己曾經有過一段美好的戀愛。

「青山，妳接下來有事嗎？下午也要上課？」

「沒有。我現在正要去學生餐廳吃中餐，等一下要去打工。」

「我跟赤坂約了在學生餐廳見面，妳要不要一起來？麗塔應該也會在。」

「既然這樣，我就一起過去好了。」

「那麼，我們走吧。」

七海與快步前進的空太並肩離開了展示大廳。

「空太，七海，在這邊！」

一進到學生餐廳，採光良好的窗邊座位便傳來呼喚的聲音。

「這邊！這邊！」

麗塔揮動著雙手吸引他們注意。

在下午的課已經開始的這個時間，學生餐廳的座位大概只坐了兩成，所以很輕易便發現了麗塔。在她身旁坐了板著一張臉的龍之介，默默地咬著番茄。

空太與七海各自端著放有剛剛點的加肉烏龍麵與炸麻糬烏龍麵的托盤，拿到麗塔與龍之介等著的餐桌。空太坐在龍之介的對面，七海則坐在麗塔的對面。

「麗塔小姐，很抱歉之前沒辦法去。」

「不會啦，要打工也是沒辦法的事。」

「妳們在說什麼？」

空太吸著烏龍麵問道。

「前幾天請美咲跟栞奈到我們家吃飯。」

「結果我沒辦法去。」

「喔喔，這麼說來，昨天優子來找我玩的時候好像有提到。」

七海偷偷瞥了正在烏龍麵上撒七味粉的空太的側臉。聚會的地方是麗塔的住處，也就是真白的住處。空太當然知道這件事，然而他的表情卻沒有任何變化。

「嗯？幹嘛？」

大概是因為七海盯太久了，空太轉向了她。

「沒事。」

七海如此說著，咬了炸麻糬。空太只說了「這樣嗎」，並沒有特別追問。

「神田，先處理要事吧。」

「嗯？喔喔，說的也是。」

聽到龍之介的提醒，空太從書包裡拿出Ａ４大小的資料夾。裡面放了五張左右的紙，在桌上攤開來讓麗塔確認。

一看就知道是遊戲的企劃書。以前曾經看過幾次空太做的企劃書。不過，這些看起來還在製作階段，說明用的圖畫上貼著再客套也稱不上漂亮的「（暫訂）」。線條扭曲歪斜，看不出來是想表現什麼東西。

空太以手指一個接一個指著，熱心地向麗塔說明需要什麼樣用意的圖畫。

看來似乎是正在向麗塔提出企劃書用的繪圖素材需求。

麗塔以紅筆在拿到手的用紙空白處做筆記，或者當場畫出簡單的構圖，說著「像這樣的感覺可以嗎？」進行確認。

「全部共有五張……希望最好能在二十四日前完成。我想在今年內先讓戶塚先生看過，明年初盡快進行討論。妳覺得可以嗎？」

「二十四日啊……」

麗塔覺得遺憾似的，聲音變得陰鬱。

「可以的話，那天我想約會耶。」

說著偷偷把視線瞥向龍之介。不過，她很快又轉向空太。

「我在大學認識的美術學系的朋友，大家都跟男朋友有約了。沒有男朋友、聖誕節也沒有要約會的人只有我而已耶！不覺得很過分嗎？」

麗塔猛然探出身子，向空太與七海傾訴著。

坐在一旁的龍之介絲毫不在意的樣子……不，是露出有些厭惡的表情啃著番茄。

「這個話題跟在二十四日前要完成素材有什麼關係嗎？」

「七海，妳會不會因為有很期待的約會，就會想要在那之前努力工作呢？」

明明直接跟龍之介說就好了，麗塔卻故意向七海詢問。

「嗯，這種事是滿常有的。」

只要有一件好事，其他很多事都能努力去完成。

「這樣的話，管它是交男朋友還是約會邀約，妳想做就去做啊。只要留學女妳有那個意思，應該是很簡單的事。」

「七海不會跟不喜歡的人交往吧？」

「嗯。」

「也不會跟不喜歡的人去約會吧？」

看來她似乎沒有直接向龍之介提出意見的打算。

「是啊。」

七海除了苦笑還是只能苦笑。

「雖然我倒是收到了好幾個聖誕夜的聯誼邀約就是了。」

滿臉笑容的麗塔依舊沒把視線轉向龍之介，從頭到尾都維持著與七海聊天的態度。她在這方面果然很有一套，漂亮地把龍之介耍得團團轉，完全是七海學不來的絕技。

「神田，你也想點辦法處理。」

明顯感覺煩躁的龍之介向空太求援。然而……

「我無能為力。」

空太卻乾脆地推了回去。

龍之介思考了一陣子之後，心不甘情不願地開口了。

「妳打算去嗎？」

「什麼？」

麗塔裝傻。

「聯誼。」

「真沒想到會從龍之介口中聽到這個單字呢。」

「沒用的感想就免了。」

「你果然還是會在意嗎？」

「那當然。」

麗塔的表情一下子亮了起來。看到這一幕，七海現在才深刻地感受到，麗塔是真的很喜歡龍之介。

「真的嗎？」

「在神田過來之前，我應該已經跟妳說過了，今年內要完成測試版要用的３Ｄ模型。如果因為無聊的活動而占用了作業時間，我無法接受。」

「……我就猜到會是這麼回事。」

麗塔發出氣餒的嘆息。

「請放心吧。我並沒有要去聯誼，邀約也都拒絕了。」

「這樣啊。」

「是的。老實說，與其跟不太熟的男孩子在一起，聖誕夜我還比較想跟龍之介共同度過。我可以去你家吧？」

「如果是要來製作繪圖檔案，我就不反對。」

面對龍之介冷淡的回應，麗塔鼓起臉頰。她用手撐著臉頰，轉向七海尋求認同：

「妳不覺得至少應該製造一點氣氛嗎？」

「要期待赤坂同學這一點，恐怕有點困難吧。」

「妳那麼想體驗聖誕節氣氛的話，當天神田應該會準備個蛋糕吧。」

「啥？我嗎！」

專心吃著烏龍麵的空太發出不滿的聲音。

「我明白了。就拿空太買的蛋糕湊和湊和吧。」

「你們兩個，其實根本就有一腿了吧……」

空太感到厭倦，並喝完了烏龍麵的湯。

「七海聖誕節打算做什麼？」

「如果沒有其他事，要不要來吃蛋糕？」

「啊，這樣很不錯呢。美咲說過前一天就要去大阪，栞奈大概會跟伊織去約會，真白則要參加出版社的尾牙所以不在。如果沒有其他預定，七海就一起來吧。」

「啊，我那天有點事……」

「該不會是要約會吧？」

對於欲言又止的七海，麗塔緊咬不放。

「是跟誰？戲劇學系的人嗎？」

「不是啦，不是那樣……是我父親要過來。」

「咦？」

空太的錯愕裡帶著些微緊張，看著七海的眼神蘊含著像是擔心她的溫柔。因為空太知道七海以當上聲優為目標一事，從以前就遭到父親反對，才會有這樣的反應。

「不是、不是啦！不是那樣……是因為隔天有個事務所的說明會。」

「說明會？」

空太與麗塔歪著腦袋。一直看著平板電腦的龍之介也把視線微微往上揚。

「雖然我也不清楚是要說明什麼樣的內容，不過主要是針對家人的說明會……聽說會針對聲優事務所是什麼樣的地方、業界本身又是什麼樣的情況以及工作內容等詳細解說，並且獲得家人理解的說明會。像我今年雖然已經二十歲了，但是還有許多未成年的人，所以是為了讓家人理解後才開始進行活動……是以這個做為前提。」

「嗯？」剛開始還一臉茫然的空太，隨著對話發展露出了為難的表情並陷入思考。儘管如此，他還是像想到了什麼一樣，以確認的口氣問道：

「所以青山妳要跟父親出席這個說明會囉？」

「嗯……我原本是打算確定以後再說的，其實我已經以『暫時隸屬』的形式獲得事務所的錄用了……」

「也就是說，是已經通過了的意思囉？」

空太壓抑住興奮這麼說了，感覺像是拚了命抑制住想要往前衝出去的氣勢。這巨大的情緒起伏，隨著七海「嗯」的點頭肯定，一口氣獲得了解放。

「太棒了，青山！」

空太興奮地站了起來。周圍的學生因為聽到突如其來的大音量，露出了不解的表情。

「太好了，真的是太好了！妳太厲害了，青山！」

「你、你太誇張了，神田同學。」

「才沒那回事呢，真的是太棒了。慘了，我眼淚都掉出來了！」

空太的眼裡真的淌著淚水，「答答」地滴落在餐桌上。

「妳幹嘛不早點說呢？」

「抱歉。我本來打算說明會結束以後再說的。」

「哎呀～～不過，真的是太好了。真叫人亂開心一把的！」

「神田興奮過頭了。」

「這麼高興的樣子，簡直就像是空太自己被錄取了一樣呢。」

正如麗塔所說，七海沒想到空太會這麼為自己感到開心。早知道這樣，應該更早說的。

「這樣不行。一定要慶祝！今天……啊，青山接下來要去打工啊。晚上會到很晚嗎？」

「抱歉，今天恐怕不行。啊，時間……我也差不多該走了。」

七海把包包背上肩後站起身來，拿起托盤。

「那麼，慶祝的火鍋派對就改天再舉行囉。」

「請先幫我跟美咲學姊說不可以放煙火喔。」

「我會姑且先跟她說的。」

空太苦笑著目送七海，七海把托盤送回返還窗口後，走出了學生餐廳。

在綠蔭大道上朝正門前進，感覺腳步輕盈。

跨越了一大難關的實際感受後知後覺地湧了上來。然而腳下踩的這個地方，同時也是新的起點。

為了能隸屬於事務所而一直努力至今——這雖然是事實，但這裡並不是終點。

接下來還想嘗試各種角色，想藉由演繹讓自己更加成長。現在是剛跨越要實現這個目標的最初一步，終於抓住了這個機會。總覺得是剛才空太的喜悅，告訴了自己這項事實的重大意義。

所以才會這麼想……

——接下來也要繼續努力。

面向前方的七海視野裡，是一望無際的廣闊藍天。

4

今年最後的大學課程已然結束的十二月二十四日。

世間所稱的聖誕夜。

麗塔以繳交企劃書用的素材資料以及製作測試版用的繪圖資料的名義，造訪了空太與龍之介所居住、位於大學附近的一間舊式獨棟建築。

木造的房屋讓人聯想到櫻花莊。像是木板樓梯之類的，麗塔也覺得很像櫻花莊，似乎能夠理解這兩個人選擇了這間屋子的理由。

她借了一台沒人使用的電腦，默默進行作業。時間過得很快，過中午才開始進行，現在已經是晚上十點。除了曾休息吃飯、飯後吃了蛋糕以外，幾乎都持續在模型製作上。

多虧如此，龍之介要的測試版用素材已經完成。

現在正交由龍之介確認。

「怎麼樣？」

「沒有問題。」

龍之介以控制器操作畫面上的角色模型。動作都能正確進行。

「辛苦妳了，麗塔。這邊的素材也都好了。這樣的話，我在今天之內就能把企劃書送給戶塚先生了。」

空太一邊打呵欠一邊伸展身體，轉動脖子便發出喀喀的聲音。

「已經這麼晚了，我送妳回去吧。」

空太說著便從椅子上起身。

「不，不用了。」

「可是……」

「因為龍之介要送我回去。」

對於空太的堅持，麗塔俐落地如此說道。

「我從來沒說過那種話吧。」

「你該不會想讓柔弱的我一個人在深夜裡走回家吧？」

「所以神田不是說了要送妳回去嗎？」

「空太不是還要修正企劃書嗎？讓現在手邊沒有急迫工作的龍之介送我回去，應該比較有效率吧。」

「唔……」

龍之介表情僵硬，啞口無言。

「那麼，赤坂，回來路上順便幫我去便利商店買關東煮回來當消夜。」

「為什麼我要……」

「好了，龍之介，我們走吧。」

「我、我知道了，別靠近我啦！」

等心不甘情不願的龍之介穿上外套後，麗塔便走向玄關。

麗塔與龍之介繞著水明藝術大學校地走著。雖然白天多少看得到學生的身影，但太陽下山後，一下子就成了人煙稀少的通道，深夜時分不會想要一個人走。靜悄悄的，現在除了遠處馬路上奔馳的汽車聲音以外，只聽得到麗塔與龍之介的腳步聲。

所以像這樣到了很晚的時間，麗塔就會找個理由請龍之介送自己回家。這已經成為麗塔的樂趣之一，兩人獨處的珍貴時間……

雙手塞在外套口袋裡的龍之介微微縮著背，吐出白色氣息。也許是因為冷，鼻頭有些泛紅。

兩人的步伐幾乎差不多。麗塔以女孩子而言算高䠷，而龍之介以男孩子而言個子並不高。龍之介比麗塔高一些，只有幾公分的差距。

「『RHYTHM BATTLERS 2』的企劃會順利通過嗎？」

「那當然。」

兩人的聲音溶入夜裡的寂靜。

「龍之介還是那麼有自信呢。」

「因為我跟神田做了相對程度的工作。」

「關於這一點我沒有異議。因為我都覺得你們有點工作過頭了。」

空太與龍之介並不是只要製作遊戲就好。不但要兼顧大學課業，現在甚至還要同時進行開公司的準備。

「有很多事只要動手去做，意外地都會有辦法完成。只不過一般的人類在著手之前，就會先擅自舉白旗。」

「說不定就是這樣呢。」

「況且，妳沒資格說別人吧。」

「我嗎？」

「不知道是誰一邊念大學還一邊協助我們，甚至還接下了上井草學姊作品的背景作業。」

「既然都來留學了，如果不盡可能把能學的東西全都吸收，不就虧大了嗎？」

「別把身體搞壞了。」

「到時候我會請龍之介幫忙照顧。」

「少說蠢話了。」

「我可是認真的。」

帶著不滿的視線射了過來。然而龍之介卻別開視線，不予理會。

終於，兩人經過了大學的正門前，再稍微往前的地方也看得到水高的正門。只要過了那邊，接下來到中途就與回櫻花莊是同樣的路線。

「最近空太怎麼樣？」

「……什麼意思？」

龍之介斜眼瞥了過來。這應該是已經理解麗塔提問的意思。

「關於真白的事，他沒說什麼嗎？」

「……」

得到的回應是沉默。龍之介並不是刻意不回答，而是認為這是不值得回答的話題吧。

「那兩個人明明彼此喜歡卻分手了……從高中畢業以來，就一直沒再見過面吧？」

「神田跟椎名決定的事，並不是其他人插嘴就能解決的吧。」

「話是這麼說沒錯，可是，龍之介都不在意嗎？」

「不在意。就算在意也沒有用。」

「……」

「妳那是什麼眼神？看起來很不滿。」

「我是覺得很不滿。」

「妳究竟對我有什麼期待？」

「如果兩個人就一直這樣，未免太讓人難過了。」

在一旁看著真白，偶爾會沒來由地感到揪心，想要擁抱那個一心一意畫著漫畫的背影。

「……現在就算重修舊好，也只會得到同樣的結果而已。椎名因為漫畫得獎，已經是越來越受到矚目的身分了。連續劇化之後，也確定要改編成動畫，現在簡直就是話題的中心。」

「這個……確實是這樣沒錯，可是……這麼一來，完全都沒辦法可想了不是嗎？越是實現夢想就變得更忙碌；而相反的，要是遭受到挫折就要更努力以求精進……根本就無從解決。」

「就算這樣，心態上還是可以慢慢變得從容吧。習慣了工作以後，即使在忙碌之中也應該會有能思考其他事物的餘力。」

「……」

麗塔目不轉睛地凝視著淡然說著的龍之介側臉。

「妳那是什麼沒禮貌的眼神。」

「因為沒想到會有從龍之介口中聽到這種台詞的一天，所以覺得很驚訝。」

「送到這裡就夠了吧。我心情變差了，要先回去了。」

龍之介停下腳步，轉身背對她。

「啊，請等一下。如果我發生了什麼事，你要負責嗎？」

「……」

「聽說前幾天在這條路上，才發生過變態出沒的事件喔。」

「……」

無言地轉過來的龍之介默默開始往前走。麗塔以雀躍的腳步追上他的背影，與他並肩同行。

「說不定就像龍之介所說的，如果許多事都能一點一點變得可以接受，也許總會有能夠順利交往的一天。不是妥協、也不是放棄……如果已經能接受自己跟對方。」

這絕對不是一件簡單的事，也不知道究竟需要多少經驗累積，想法才能有這樣的轉變。一年後、三年後、五年後……說不定是十年後，也可能即使過了十年還不行。儘管如此，也只能堅信並往前邁進。說不定就是因為相信這一點，空太與真白現在才會這麼努力。

結果，龍之介還是正確的。空太與真白的問題，只有空太與真白能夠解決。

聊著這些話的時候，兩人已經來到了兒童公園附近。接下來到麗塔所住公寓的路上，不但有從車站出來的人潮匯流，路燈也很明亮，因此可以放心了。

「到這裡就好了。」

麗塔停下腳步如此說著，走在稍後方的龍之介也停下腳步。

「反正都快到了。我就送妳到公寓前吧。」

龍之介說完正要跨步走出去，卻被麗塔一把抓住了手臂。

「妳、妳突然要幹嘛啊！」

動搖的聲音緊張了起來。麗塔無視於這一點，把龍之介拉到路旁。

「笨、笨蛋，妳在幹什麼？」

「噓！請安靜一點。」

隱身到電線杆後方，悄悄窺探兒童公園的方向。因為麗塔注意到了一對熟悉的男女身影。從車站前方走過來，正要經過兒童公園前的，是伊織與栞奈。

「喂、喂，放開我。」

龍之介以變調的聲音如此說著。

「請稍微忍耐一下。」

手牽手的伊織與栞奈看起來感情很好。不過，從栞奈身上卻散發出異樣的緊張感，好幾次偷瞥伊織的側臉，低下頭，接著又看了他，然後又低下頭，不斷重複這樣的行徑。

「這看起來似乎會發生什麼事呢。」

「我、我都叫妳放開我了。」

麗塔的第六感果然漂亮地命中了。來到公園前的短階梯，比伊織更早走上階梯的栞奈來到最上層時轉過頭來，接著在站在下一層的伊織面前踮起腳尖，碰觸般輕輕吻了一下。

之後，栞奈立刻小跑步逃走了。伊織慌慌張張地追上去……本以為很快就會追上，兩人就這樣消失了身影。

「龍之介。」

「話先說在前頭，我不會那麼做的。」

從電線杆後方逃出去的龍之介肩膀上上下下地喘息。跟以前比起來，討厭女人的狀況已經改善許多了。或者該說，對於麗塔的忍耐力已經有所增加，對其他女孩子就不盡然如此了。

「『我們也來接吻吧』之類的，我根本都還沒說喔。」

「妳現在不是說了嗎？」

龍之介一個人快步往前走，腳步確實地往麗塔居住的公寓方向前進。雖然覺得「他既然都生氣了，直接回家不就好了嗎」，不過他恐怕是因為在意自己才剛說出口的「我送妳到公寓前」這句話吧。

「龍之介。」

「如果是延續剛才的話題就不用說了。」

「哎呀，真是可惜。那麼，就來談更重要的事吧。」

「……」

龍之介以視線丟出疑問。

「關於我跟龍之介的未來的話題。」

「沒有那種未來。」

麗塔毫不在意地繼續說道：

「我打算在大學畢業後就要回英國了。」

「……」

龍之介臉上警戒的表情消失了。

「我打算一邊在祖父的畫室創作，一邊教繪畫教室的孩子們畫畫。」

「這樣啊。」

龍之介帶著認真的眼神看著前方。

「你的感想只有這樣嗎？」

「不然還有什麼？」

「真是冷淡耶。」

「妳對我有什麼期待？」

「例如，可以說『一直留在我身邊吧』之類的啊。」

「無法理解。」

「請龍之介也體會一下所謂的少女心。」

「就算我真的做了那種莫名其妙的抱怨，也不會改變妳想回英國的心意吧？既然這樣，為什麼還有必要去理解少女心這種東西。」

「！那是……」

聽了龍之介指出這一點，麗塔現在才察覺到。

沒辦法停手不畫畫，也不打算放棄，甚至還有繼承祖父畫室的夢想。所以，大學四年結束後就要回去英國——這已經是麗塔心中決定好的事。

「如果龍之介挽留我，說不定我就會動搖喔。」

「我絕對不會那麼說的，放心吧。」

「真是讓人提不起勁耶。」

「況且就算我說了，妳也絕對不會有所動搖。」

「……你那麼說太狡猾了。」

麗塔以龍之介聽不到的微小聲音囁嚅。

聽到龍之介這麼說，就不能夠產生動搖了。唯獨只有龍之介，麗塔不希望他用失望的眼神看著自己……

「到了。」

抬起頭來，目的地公寓已經在眼前。

「真可惜。快樂的約會已經結束了。」

「單程步行就要三十分鐘，妳好歹也替我想想。」

「如果你累了，要不要上來坐坐？真白去參加尾牙，應該還沒回來。」

「別開玩笑了。」

「我挺當真的喔。」

「既然這樣，就不要一臉玩弄別人的表情。」

「好，那我就換個表情。」

麗塔坦率地收起假笑。

「真是受不了妳。」

龍之介傻眼地大大吐了口氣。

「雖然會抱怨，但是龍之介每次都會送我到公寓前吧？就算我說『到這裡就好了』，也一定會這麼做。」

「老是拿『要是有萬一就要負責』來威脅我的，不知道是誰啊？」

「你只要不當一回事不就好了嗎？」

「……」

龍之介之所以陷入沉默，是因為麗塔正以認真的眼神凝視著他。

「……」

「……」

「你對我是怎麼想的？」

麗塔丟出了伴隨著緊張的提問。

「我不是已經說過很多次了嗎？我討厭女人。」

「對我個人有什麼樣的感覺？」

「難以應付。」

「雖然這樣，你卻還是送我到家門前呢。」

平靜的感情對話，沒有可以開玩笑的餘地，彼此也沒辦法移開視線。

「我可以有所期待嗎？」

「……」

沉默落在兩人之間。彷彿要填補這空檔一般，一輛計程車開到了公寓前停下來。車頭燈刺眼地照著麗塔與龍之介。

後座車門打開後，有人走下車。因為車頭燈而難以辨識臉孔。

「麗塔，還有龍之介。」

夾雜著引擎聲傳來了很熟悉的聲音。是真白。

關上門的計程車駛離後，真白走近過來。似乎是剛從出版社的尾牙回來了。

「已經確實把妳送到家，我要回去了。」

「啊，龍之介！」

即使出聲叫喚，他也沒停下腳步。龍之介的背影溶入夜色裡，很快便看不見了。

「……真是的。」

麗塔無意識地發出了像小孩子鬧彆扭的聲音。

「我打擾到你們了嗎？」

「沒那回事。老實說，妳幫了大忙。」

「嗯？」

真白不解地歪著頭。

「因為我很害怕確實聽到答案。」

麗塔露出了鬆一口氣的笑容。

「麗塔。」

「好了，天氣很冷，我們進去吧。」

麗塔牽起真白的手跑進公寓裡。

在這期間，龍之介的事一直在腦海裡揮之不去。因為麗塔是第一次看到他露出那種表情……

——我可以有所期待嗎？

面對這個問題，龍之介露出了困惑的表情。

5

過完新年後的一月十一日。

從昨晚一直下到清晨的雪，把街道染成白色。空太挑選了下午沒有課的這一天，與戶塚開了「RHYTHM BATTLERS 2」的企劃會議。

前往已經去過多次而熟悉的主機廠商會議室，針對企劃書進行細節構想的討論。

「最重要的，果然還是從『2』開始導入的合作模式的平衡感吧。」

戶塚摸著下巴如此說道。

「現在赤坂正在做測試版，應該下個月就能呈現動作的狀態。」

「接下來的階段就要看測試版的情況了。要以什麼樣的形式來融合音樂遊戲的要素，以及狩獵電玩的多人遊戲要素，要實際試看看才會知道。」

「好的。」

要說合作模式時的亮點，就是預定加入同步操作發動的大絕技「齊奏攻擊」，以及藉由部分演奏發動的連續技「合奏突擊」的內容。雖然腦袋裡覺得成品應該會很有趣，但正如戶塚所說的，這個部分不實際玩看看都還很難說。空太認為也有可能變成只是很瑣碎煩人的系統。話雖如此，反正擔心也沒有用，現在只能請龍之介製作測試版。

「還有就是，就行銷宣傳的觀點，如果能準備容易推銷的要素就更完美了……神田先生，這部分有沒有什麼想法？」

「啊，關於這一點……有沒有可能借用幾首其他遊戲的ＢＧＭ呢？」

空太認為就遊戲的性質而言，從樂曲的部分來創造話題才是正攻法。

「啊，原來如此，還有這個方法……」

戶塚雖然點頭肯定，仍低頭陷入思考。因為版權的問題可能會是障礙，也許沒有那麼容易。

「不，這點說不定也可以。所有樂曲都是『RHYTHM BATTLERS』專用，這一點倒也可以說是前作的弱點。如果能用已經聽過的喜好樂曲來玩，就企劃內容來說具有親和性，這點我覺得很好。當然，不能用到會破壞世界觀的樂曲，所以這一點有必要謹慎選擇。」

「好的。」

「至少如果是我們這邊發售的遊戲作品，都還可以討論研究，這部分我先做確認。」

「麻煩您了。」

在這之後，夾雜了大學的話題閒聊了一陣，空太便結束了與戶塚的討論。

空太回到藝大前站時，已經是夕陽耀眼的下午四點。

穿過剪票閘口時，手機響了起來。

確認來電對象的一瞬間，空太身體微微緊張了起來。

是來自藤澤和希的電話。

空太走往商店街的方向，手指按下了通話鍵。

「您好，我是神田。」

『辛苦你了，我是藤澤。』

「您好。」

『現在方便講電話嗎？』

「是的。到剛才為止都在跟戶塚先生討論……現在剛回到車站。」

『戶塚剛才也跟我聯絡了。聽他說了樂曲合作的事。』

「咦？」

雖然戶塚說過會先確認，但沒想到他這麼快就已經跟和希說了，因此空太著實嚇了一跳。

『因為是很有趣的構想，如果有想使用的曲子，我很願意提供。』

「謝、謝謝您。不過，那個……這樣可以嗎？」

『所謂的可以是指？』

「不，我只是想說可以這麼乾脆就決定嗎……」

空太擅自認為應該需要更繁複的手續。

『如果是書面，會有需依序進行的手續問題，不過為了實踐這種構想，新鮮度很重要。』

這時跳出了與電子數位內容格格不入的單字。

「新鮮度……」

空太正好經過賣魚的店鋪前。店門口擺了新鮮的冬季漁產。

『在企劃會議上好不容易得到了有趣的構想，還是趁早實行比較好。如果只是在討論的場合聊得很熱絡，實際動作卻往後延宕，氣勢與熱情就會一天比一天弱。回過神的時候，對這個構想的熱情已經冷卻，最後什麼也沒做，這種情況也很常發生。』

「原來如此。」

確實很可能有這樣的一面。即使是當下覺得很棒的企劃案，隨著時間流逝，自己的感覺就會習慣了這個構想，然後就會開始覺得無趣。

雖然需要時間冷靜地檢視構想，但只是等待的話，就會變得像和希說的一樣逐漸腐朽吧。

正專注在話題上的時候，空太來到了商店街出口。空太察覺到這一點，突然停下腳步，回顧商店街。也許該買些什麼東西回去。不過空太立刻又想起了昨天才出門採買，便準備再度往前跨出腳步。

然而，腳卻無法動彈，僵著動不了。

空太花了好幾秒才理解原因。

視野之中看到了某個人的背影。在商店街……正要從橋本烘焙坊走出來的身影。夢幻的存在感。空太的意識全集中在那一點上。

「……真白。」

真白手上提著購物籃，與麗塔走向蔬果店。兩人似乎正在聊天，但因為距離約三十公尺，所以聽不到聲音。也許是正要好地討論著今天晚餐要吃什麼吧。

『神田同學？』

空太因為和希的聲音而回過神來。

「啊，是的。」

『那麼，詳細的部分就等通過審查會議後再面對面討論吧。』

「好的。再麻煩您了。」

『那麼，就先這樣。』

「再見。」

空太微微低頭掛掉電話，把手機收進口袋裡。

再度尋找真白的身影。

看到她在商店街朝車站方向走去的背影，一步一步逐漸遠離空太。

「看起來過得很好呢。」

胸口一股溫暖的情感油然而生。

不可思議的，對真白的背影並不覺得懷念。

雖然不清楚原因，但心中滿滿都是喜悅。光是這樣就有種滿足的心情。

空太並沒有目送真白的背影直到最後，便往與車站相反方向走去。回家之後還要向龍之介報告討論的內容才行。伊織應該也在。

還有許多該做的事，還有許多想做的事。所以，空太朝自己的目的地前進。

看著前方。

目不轉睛地盯著自己所選擇的道路。

以自己的雙腳前進。

麗塔與真白一起目送從商店街拱門逐漸遠去的空太背影。

麗塔眼角餘光瞥見的真白視線追著空太的背影。麗塔從她動搖的眼神中，感受到了懷念與些微感傷。

「不去跟他打聲招呼嗎？」

「不用。」

微小的聲音簡短地回應。

「從水高畢業之後，你們不是一次也沒再見過面嗎？」

「只要過得好就好了。」

「真白……」

「只要空太過得好就好了。」

如此喃喃的真白露出溫和的表情。剛才那種懷念與感傷，不知何時已經消失。真白有些開心地笑了，憐愛的眼神裡滿是溫柔的情感。

「……」

看到了這樣的表情，麗塔什麼話也說不出來。

在彼此接受的前提下分手的兩人，為了彼此著想，所以決定帶著喜歡的情愫，各自走向不同的道路。到現在，這樣的情感也不曾動搖。

「真白。」

「嗯？」

真白微微歪著頭看著麗塔。

「我們到便利商店買個年輪蛋糕再回家吧。」

「……」

真白這次則是露出有些驚訝的表情。那是真白在英國的時候不曾有過的表情。來到日本，住進了櫻花莊，與空太相戀……真白才變成了現在的真白。

「我昨天在店裡看到，現在推出了加鮮奶油的新商品喔。」

「要買回去囤貨呢。」

「是啊，就趁今天特別這麼做吧。」

麗塔與真白自然而然跨出腳步，往與空太相反的方向走去……

希望有朝一日，空太與真白的路能夠重疊。

衷心希望兩人並肩走在一起的那一天能夠來臨。

因為就是為了那一天，現在才要走向不同的道路。

走在各自的道路上。

因為，這裡還只是在前往夢想的途中……

花莊的寵物女孩

附錄
新短篇

聖誕節發生事件

1

從水明藝術大學畢業後，很快地已經過了一年又九個月。

今年也只剩下幾天，已經來到十二月二十四日。

空太邁入二十四歲，也有了一身與社會人士身分相符的沉著氣質。然而，他卻在看到來自女僕的簡訊那一瞬間，發出了愚蠢的錯愕聲。

「唔！」

——剛剛接獲來自戶塚大人的緊急聯絡事項。母帶的製造商除錯時，據說發現了會產生無法進行狀態的致命性錯誤。請盡速修正錯誤，並重新提交母帶。女僕敬上

「哼。」

正在看簡訊的空太身旁傳來了可愛的呻吟聲。

儘管感受到危險的氣氛，空太還是戰戰兢兢地把臉從手機畫面上抬起。明明什麼話都還沒說，真白卻已經一臉不開心的樣子，生氣地鼓著臉頰。

兩人所站的地方是水高畢業以來真白居住的公寓前。

現在空太幾乎每天都在這裡過夜，也就是世間所稱的同居。自從麗塔回英國之後，空太有好一陣子都是以通勤的方式照顧真白的生活起居。然而伴隨著時間流逝與一起過夜的次數增加，回過神的時候，已經變成現在這樣了……

「那個，請聽我說，真白小姐。」

「我不想聽。」

為了約會而打扮成熟的真白卻像小孩子一樣摀住耳朵。

就算這樣應該還是聽得到，空太便繼續說道：

「因為出現了致命性錯誤，我現在不得不回開發室去處理。」

「……」

「所以很抱歉，今天沒辦法約會了。」

「空太是笨蛋。」

真白把手從耳朵移開。看來果然確實聽得很清楚。

「對不起。」

「空太是笨蛋。」

「您說得很對。」

「空太的笨蛋。」

「我從以前就想問了，那是什麼樣的笨蛋？」

「……」

空太稍微紓解了緊張的氣氛，卻被真白瞪了。

「……抱歉，我有在反省。」

「明明是聖誕夜卻沒辦法約會，未來也會一直沒辦法約會。」

真白的眼神是認真的。空太只是直接承受她的視線。

「……」

「……」

緊繃的空氣支配著兩人。

這時，手機的鈴聲打斷兩人。

不是空太，而是真白的手機。

真白從小包包裡拿出手機。

「綾乃打來的。」

如此喃喃說完，真白接起電話。

「妳好，是我……嗯，嗯……九頁是吧。嗯，我知道了……」

似乎不到一分鐘就結束了通話。真白把手機收回小包包裡。

「綾乃小姐說了什麼？」

「今天送過去的原稿，人物的服裝有個地方弄錯了。」

「那就需要改原稿吧？」

「嗯。」

「很急嗎？」

「綾乃說希望能趕上六點那一趟。」

空太看了手錶。現在剛好是傍晚五點。如果回房間工作，應該還來得及吧。

「那就要趕快回去工作了。」

「空太好像很高興。」

真白敏銳地指出。

「明明沒辦法約會了，卻很開心的樣子。」

「沒那回事啦。」

要說有的話，是不同於「開心」的其他情緒。空太稍微鬆了口氣。因為真白也有事要做，所以不會只有單方面的罪惡感，倒是有了稍稍可以放心的情緒……

「算了。」

猛然轉身的真白踩著憤怒的腳步回到公寓裡頭。

空太一直目送她到看不見背影為止，一邊甩開雜念一邊趕回開發室。

2

修正錯誤意外地很快便結束。抵達開發室的時候，龍之介已經找到了原因，並且即早修正後已完成確認。接著重新燒錄母帶，便請機車快捷送到戶塚那裡。

儘管如此，解決所有工作再回到公寓，仍需要花費幾個小時。時間已經來到深夜兩點。

空太帶著便利商店拋售的耶誕蛋糕進了屋內，意外地發現客廳的燈還隱約亮著。

在昏暗的燈光下，身穿睡衣的真白抱膝坐在沙發上蜷著身子。

「原稿趕上了嗎？」

「趕上了。空太呢？」

「我這邊也順利完成了。」

「是嗎？」

真白完全不看空太。總之，先把買來的蛋糕放在餐桌上。

「妳還在鬧脾氣嗎（註：日文中彎曲肚臍意指鬧脾氣）？」

空太坐在她身旁如此問道。真白掀起睡衣確認自己的肚臍。

「沒有彎啊。」

「只是慣用語的表現啦……」

「聖誕節又泡湯了。」

「嗯？喔喔……是啊。」

不知為何，空太跟真白與聖誕節始終沒有緣。高中時期，因為真白突然有工作，因而取消了約會。兩人剛復合的去年，因為空太正值即將完成作品的時期，心有餘而力不足。接著，今年則是彼此都是這樣的狀況。

「總覺得好像這輩子都沒辦法跟空太共度聖誕節。」

真白雙手環抱著膝蓋，把嘴埋到腿上。

「現在不就在一起了嗎？」

「我想要更平常的約會。」

「我倒是覺得這樣也很好。」

空太從沙發站起身，在餐桌上擺好蛋糕與蠟燭。點燃蠟燭，夢幻的照明便在房間牆上映出巨大的影子，隨著火焰晃動搖曳生姿。

「我原本很期待約會。」

「我也是啊。」

「……」

鬧彆扭的真白心情始終沒有好轉的跡象。

「我明天可以請假。真白呢？」

「白天綾乃會過來。晚上沒問題。」

「那麼，明天晚上一起出門吧。」

「去哪裡？」

「當作報今天的仇，真白想做什麼都可以。」

「……哪裡都可以嗎？」

真白往上望著空太像在觀察他。

「要在常識範圍內就是了。」

要是不設個上限，可能會被要求意想不到的事。

「既然這樣……」

在沙發上端正坐姿的真白一臉認真地凝視著空太。她就這樣直視著空太說了：

「去見我的父母。」

「……」

「……」

一瞬間，時間為之靜止。

「真白小姐，您剛剛說了什麼？啊、不，還是不要說好了！應該說我拜託妳別說了！妳是叫我去英國的意思嗎？」

真白很有可能會說出這種話。然而，獲得的回應卻伴隨著更強大的衝擊。

「明天他們要來日本。」

「啥？」

「他們兩個人明天都要來日本。」

「……還真是突然啊。」

空太好不容易擠出聲音。

「我在大約一個月前就聽說了。」

「可是我沒聽說過這項情報喔。」

「他們說難得有機會，想見見空太。」

「這麼重要的事可不可以提前告訴我啊！」

「所以我剛剛說了。」

「我的意思是要更之前啦！」

「空太明明說我想做什麼都可以」

真白鼓著臉頰。

「我有拜託過妳要在常識範圍內吧！」

「男朋友去見女朋友的父母，是在常識範圍內。」

「確實是這樣沒錯啦！」

「只是見個面，沒有其他深刻的意思。」

「根本就深不見底了啦！」

「空太不想見他們嗎？」

「倒不是說不想……那個，畢竟都已經開始同居了。我是有在想應該要找個時機去跟他們打聲招呼……可是，那個，要去見女朋友的父母這種活動，實在是讓人很緊張啦！很難只用一個晚上就做好心理準備啊！」

光是現在這個瞬間，就已經比剛開始做簡報時更緊張了。心臟撲通撲通跳個不停。見了真白的父母，到底該說些什麼話才好呢？

「哼。」

真白噘起嘴唇表現出自己的不滿。

「算了。我要去睡覺了。」

從沙發上起身，真白走進房間。空太追了上去，從房門口探頭往裡面看。真白正趴在床上，把臉埋在枕頭裡，不斷喃喃著對空太的抱怨。

「真的？」

「唉……我知道了啦。明天就去跟真白的父母打招呼吧。」

把臉從枕頭上抬起來的真白向空太投以期待的眼神。

「嗯，我答應妳。不過相對的，我也有件事要拜託妳。」

「什麼事？」

「過年如果能休假，要不要跟我一起回福岡老家？」

「……」

真白驚愕地睜大了雙眼。

「我媽一直吵著要我帶妳回去。」

「我要去。」

真白猛然從床上爬起身。

表情看起來很開心，剛才的不滿似乎都被一口氣吹跑了。

真白快步走出房間，在放了蛋糕的桌子前坐了下來。

「空太，我要吃蛋糕。」

「妳不是要睡了嗎？」
「吃完再睡。」
「如果發胖，我可不管喔。」
「到時候空太就要負起責任。」
「妳說的是指什麼意思的責任啊……」
一想到剛才的對話內容，空太完全笑不出來。
「吶，空太。」
「嗯？」
「去福岡的時候……」
「嗯。」
「打招呼時說『小女子不才，請多指教』就好了嗎？」
「一點也不好啦！」
就這樣，和好如初的空太與真白共度了快樂的聖誕節。

後記

本書是第三次的短篇集，同時也是最後的短篇集。

就《櫻花莊》系列來看，也是最後總結的一集。大概是。

事情就是這樣，我是鴨志田一。

首先依照慣例，進行逐篇小解說。

〈長谷栞奈突如其來的教育旅行〉

就系列的時間而言，是本篇第八集。以栞奈的立場所看到的空太等人的教育旅行。原來他們還偷偷去了動物園。

〈長谷栞奈笨拙的戀愛模樣〉

是空太等人自水高畢業之後的故事。栞奈與伊織就讀高中三年級，而空太等人念大二的時候。描述隨著時間經過而有所成長或沒有成長的他們，是一件很快樂的事。「伊織實在太帥了」——荒木責編這麼說了。

〈還在前往夢想的途中〉

在〈長谷栞奈笨拙的戀愛模樣〉之後沒多久的故事。我想要呈現雖然發生了許多事，但仍一心朝向前方努力的櫻花莊成員們的姿態。「空太實在太帥了」——負責插畫的溝口ケージ老師這麼說了。

〈聖誕節發生事件〉

時間又繼續往後走，大學畢業後的空太與真白生活的一幕。兩人即使成了大人，似乎仍然與聖誕節無緣。不過，看起來很幸福，應該沒問題吧。

就是這樣的四篇故事。

在此《櫻花莊的寵物女孩》的故事，終於即將落幕。

對於始終陪伴我們的各位讀者以及相關人員，謹此致上最深的謝意。多虧各位，完成了很幸福的作品。

接下來，希望在預定於下個月發售的新作品《青春ブタ野郎はバニーガール先輩の夢を見ない》，能夠有幸再與各位見面（註：以上為日本出版情況）。

鴨志田一

Kadokawa Light Novels

我的腦內戀礙選項 1~7 待續

Kadokawa Fantastic Novels

作者：春日部タケル　插畫：ユキヲ

怎麼回事！毒舌女富良野竟變成害羞乖乖女？
連一向幼稚的小屁孩謳歌都變為優雅大小姐？

甘草奏和造成他心靈創傷的元凶——天上空重逢後，腦內選項竟出現了變化！【選吧：眼前的少女快要摔倒了！①輕輕抱住她。②緊緊抱住她。】怎、怎麼可能……居然兩邊都想選？時間正好遇上排行榜重選，難道這會是脫離「五黑」的大好機會？

各 **NT$180~200/HK$50~60**

台灣角川

Kadokawa Light Novels

約會大作戰DATE A LIVE 安可短篇集

Kadokawa Fantastic Novels

作者：橘公司　插畫：つなこ

約會忙翻天！士道馬不停蹄！
《約會》第一本短篇集登場！

五河士道為了提升好感度，在遊樂場、夏日廟會、生日宴會與福利社麵包爭奪戰時和精靈們約會!?「……應……應該是學校泳裝加上狗耳和尾巴吧。」為了讓折紙討厭自己的約會!?「士道是只屬於我一個人的東西。」還要和最邪惡精靈狂三結婚!?

NT$200/HK$60

台灣角川

Kadokawa Light Novels

夢沉抹大拉 1~4 待續

Kadokawa Fantastic Novels

作者：支倉凍砂　插畫：鍋島テツヒロ

在流傳著龍的傳說的城市中，
庫斯勒被迫做出一個重大的決定！

追求新天地的庫斯勒一行人跟隨克勞修斯騎士團，進入改信正教的異教徒城市卡山。他們在騎士團插手干涉前，大量網羅翻閱了留存在城市裡的文獻，因此發覺卡山流傳著關於龍的傳說。他們以為將展開平穩的生活，然而此時，殘酷的命運降臨到他們身上——

各 **NT$200/HK$60**

台灣角川

Kadokawa Light Novels

打工吧！魔王大人 1~9 待續

Kadokawa Fantastic Novels

作者：和ヶ原聡司　插畫：029

為了挪開排班表而傷透腦筋的魔王
將請假前往異世界營救勇者與惡魔大元帥！

為了拯救遲遲未從安特・伊蘇拉歸來的惠美和被加百列擄走的蘆屋，魔王與鈴乃一同衝進了通往異世界的「門」。而回到故鄉的惠美在父親諾爾德留下的記錄中，發現與自己的母親和世界的起源有關的情報？在異世界依然走平民路線的最新刊登場！

台灣角川

各 **NT$200~240/HK$55~75**

國家圖書館出版品預行編目資料

櫻花莊的寵物女孩. 10.5 / 鴨志田一作 ; 一二三譯.
-- 初版. -- 臺北市 : 臺灣角川, 2014.11
面 ; 公分

譯自 : さくら荘のペットな彼女 10.5
ISBN 978-986-366-227-3(平裝)

861.57 103020058

Kadokawa
Fantastic
Novels

櫻花莊的寵物女孩 10.5（完）

（原著名：さくら荘のペットな彼女 10.5）

2014年12月4日　初版第1刷發行
2024年6月17日　初版第12刷發行

作　　者：鴨志田 一
插　　畫：溝口ケージ
日版設計：T
譯　　者：一二三

發 行 人：台灣角川股份有限公司
總　　監：呂慧君
總 編 輯：蔡佩芬
主　　編：林秀儒
編　　輯：孫千棻
設計指導：陳晞叡
美術設計：吳佳昫
印　　務：李明修（主任）、張加恩（主任）、張凱棋、潘尚琪

發 行 所：台灣角川股份有限公司
地　　址：104台北市中山區松江路223號3樓
電　　話：（02）2515-3000
傳　　真：（02）2515-0033
網　　址：www.kadokawa.com.tw
劃撥帳戶：台灣角川股份有限公司
劃撥帳號：19487412
法律顧問：有澤法律事務所
製　　版：巨茂科技印刷有限公司
ＩＳＢＮ：978-986-366-227-3